Un petit Cimetière de Campagne

Jacques Priou

Un petit Cimetière de Campagne

Roman

© Éditions Renaissens
Collection COMME TOUT UN CHACUN
ISSN 2649-8839
www.renaissens-editions.fr

Les éditions Renaissens publient les écrits d'auteurs aveugles, sourds, handicapés et de toute personne souffrant de l'exclusion.

Ce récit est une œuvre de pure fiction.
Toute ressemblance avec des personnes,
des institutions, entreprises, organismes publics ou privés,
communautés laïques ou religieuses,
professions de tout ordre,
lieux, collectivités territoriales et locales
ne saurait être que le produit de l'imagination.

Prologue

Le Printemps est précoce. Dans les arbres, les bourgeons éclosent. Une myriade de passereaux pépie en virevoltant dans l'azur.

Une limousine se gare le long du trottoir. Un chauffeur en descend et se précipite vers la portière arrière. Un homme entre deux âges en sort, l'air grave et soucieux. Il tient dans ses bras, serré contre sa poitrine, un nourrisson de quelques mois. Son regard s'attarde un bref instant sur la façade décrépie d'un immeuble vétuste. D'un pas ferme il se dirige vers la porte d'entrée et gravit, sans faillir, les degrés de l'escalier jusqu'au deuxième étage. Il vérifie le nom sur la sonnette et presse le bouton. La porte s'ouvre.

— Bonjour docteur !
— Bonjour monsieur. Que puis-je pour vous ?
— Me permettez-vous d'entrer quelques instants ? suggère le nouveau venu.

Le médecin s'écarte pour laisser passer l'inconnu.
— Oui, Bien sûr ! Que puis-je pour vous ? répète-t-il ?
— Je suis venu vous demander de soigner mon fils.
— Vous faîtes erreur, monsieur. Je ne pratique plus la médecine depuis plusieurs années mais je suis persuadé qu'un autre médecin le soignera très efficacement.

— Non. C'est vous que j'ai choisi. Je sais qui vous êtes.
Le médecin reste interdit.
— Je suis un pauvre raté qui n'a pas réussi à sauver son propre fils. Que pouvez-vous attendre de bien de moi ?
— Je suis là en parfaite connaissance de cause. Mon enfant est atteint d'une maladie mortelle, la progéria. Vous connaissez ses ravages, n'est-ce-pas ?
— Hélas ! Oui ! confirme le médecin dont les traits se sont brusquement durcis.
Il baisse tristement la tête et enchaîne :
— Si vous savez tout de moi, vous savez donc que j'ai échoué dans mes recherches ! Vous devez malheureusement vous résoudre à la fatalité.
— Il n'en est pas question, s'exclame le visiteur. À quatorze ans, mon fils en paraîtra cent. Dans la réalité, il n'atteindra même pas sa septième année et mourra. Je connais votre parcours. Tout ce que vous avez fait pour tenter de sauver votre propre enfant.
— Comment le savez-vous ?
— Ce serait trop long à raconter. Disons que je dispose de moyens importants qui me permettent d'obtenir ce qui, pour d'autres, est impossible.
— Alors pourquoi ne pas aller consulter un de ces chercheurs très médiatisés et si difficiles à approcher pour le commun des mortels ?
— Non, docteur. Je veux que ce soit vous qui soigniez mon enfant. Je mettrai à votre disposition tous les moyens financiers et matériels nécessaires. Il vous suffira de demander pour obtenir. Je suis convaincu que si vous aviez eu plus de soutien à l'époque, vous auriez réussi. Vous étiez si près du but ! Je vous en prie ! Acceptez !

Chapitre 1
Des années plus tard, près d'Angers

Deux amants se promènent au milieu de la nature, un lieu calme et paisible propice à la méditation. Il s'agit du bois qui ceinture l'étang de Miré.

Ils cheminent déjà depuis un certain temps, main dans la main, à l'abri des regards indiscrets. Ils suivent une allée cavalière où des chevaux sont sans doute récemment passés tant l'air ambiant est chargé d'un parfum d'écurie. Ils bifurquent ensuite dans un sentier plus étroit et sauvage. De toute évidence, ce parcours ne leur est pas inconnu.

La jeune femme, brune aux yeux noisette, est vêtue d'un sobre tailleur bleu rehaussé d'un parement blanc. Lui, la quarantaine, de faux airs de play-boy qu'il doit savamment entretenir, n'est pourtant habillé que d'un costume anthracite, classique. La chaleur de cet après-midi l'a incité à retirer sa veste et retrousser les manches d'une chemise blanche passablement élimée.

La jeune femme épie son compagnon du coin de l'œil. Ils échangent des paroles banales mais il est évident qu'elle est là pour lui confier une nouvelle d'une toute autre importance.

Le silence s'installe entre eux. Il n'est rompu que par les chants d'oiseaux et le bruissement des broussailles provoqué par le furtif passage d'un lièvre ou d'un hôte de ces bois.

Elle tente en vain de masquer sa nervosité. Elle ne sait comment aborder le sujet qui la préoccupe. Son compagnon l'encourage :

— Qu'as-tu de si important et urgent à me dire ?

— Je…, bredouille-t-elle. Il faut que…

— Allons, mon amie ! l'exhorte l'homme en la prenant par les épaules d'un geste protecteur.

— Eh bien, voilà, avoue-t-elle. Je suis enceinte.

— Enceinte ? répète-t-il, en fixant horrifié son amante, le visage blême. Enceinte ? Comment est-ce possible ?

Il s'éloigne de sa compagne, le visage fermé, revient ensuite sur ses pas et la saisit brutalement par le bras. Elle pousse un cri de douleur.

— Tu me fais mal, s'écrie-t-elle.

L'homme ne desserre pas son étreinte pour autant. Le regard sombre, pris de panique, il répète à plusieurs reprises :

— Enceinte ? Réponds-moi ! Comment cela est-il possible ? Tu m'as toujours dit que tu prenais tes précautions pour ne pas l'être.

Elle est effrayée et tente en vain de se dégager.

— Il faut croire que cette fois-ci ça n'a pas marché.

— Ce n'est pas possible, répète à nouveau l'homme, à plusieurs reprises. Il faut faire quelque chose. Dans ma situation, cela ne peut être. Tu le sais bien !

— Je pense qu'il faut accepter ce que le ciel nous envoie. Aujourd'hui, c'est un enfant, s'exclame-t-elle. Après tout, rien n'est impossible. Si nous nous aimons … Parce que nous nous aimons, n'est-ce-pas ?

— Ma pauvre amie, tu ne te rends pas compte. Il est hors de question que je quitte mon état. Et dans cette situation, il est hors de question de révéler notre liaison à qui que ce soit. Avoir un enfant ! Impossible ! Depuis quand le sais-tu ?

— Je suis enceinte depuis près de cinq mois.

— Cinq mois ! Et c'est maintenant que tu m'en parles ? Comment ai-je fait pour ne rien voir !

— Ma grossesse n'est pas encore très visible et j'attendais le moment opportun pour te l'annoncer.

L'homme marque un temps, comme si des idées se bousculaient dans sa tête.

— D'autres personnes sont-elles au courant ? demande-t-il inquiet.

— Mes parents ont des doutes car il m'arrive de ne pas me sentir très bien. Enfin, qu'importe ! Nous nous aimons, s'emporte-t-elle. Nous allons tout dire et vivre ensemble. N'est-ce-pas ?

— Tu rêves, ma pauvre amie ! s'exclame-t-il. C'est impossible. Je te l'ai déjà dit.

— Alors tant pis, conclut-t-elle, calmement. Je garderai cet enfant envers et contre tout.

L'homme a de plus en plus de mal à se maîtriser.

— Je te l'interdis. Cela ne peut être. Tu ne peux garder cet enfant !

— De toute façon, les délais pour une éventuelle IVG sont dépassés.

— Tu l'as fait exprès, avoue-le ! Tu as voulu me piéger. Tu ne peux me faire cela. C'est absolument impossible, s'égosille-t-il.

Hors de lui, l'homme la secoue si brutalement qu'elle trébuche sur des racines et que sa tête vient heurter violemment le tronc d'un gros arbre. Elle glisse lentement sur l'herbe, maculant l'écorce d'une trace rougeâtre, étoilée.

L'homme prend peur et se précipite sur sa compagne. Il tente de la réanimer mais ses efforts demeurent vains. Son pouls a cessé de battre.

— Mon Dieu, qu'ai-je fait ? Mon Dieu, je vous en supplie, venez à mon secours, se lamente-t-il, les bras levés vers le ciel.

Il sanglote, ramasse sa veste tombée à terre au cours de cette empoignade et en recouvre soigneusement le corps inerte.

Enfin, il s'agenouille, se signe et se remet à implorer le ciel. C'est alors qu'il se redresse vivement. Après tout, c'est un accident, pense-t-il. Il suffirait que je raconte les faits à ma manière et l'affaire serait classée. Cependant, ma qualité ne m'autorise pas à n'importe quelle démarche. Dans les bois ? Seul avec une femme ? Comment expliquer une telle situation ? Cela provoquera bien des questions. Et puis, il y a cet enfant emprisonné dans son corps... À cinq mois, il me ressemble peut-être. Que faire ? On ne manquera pas de remonter jusqu'à moi. Et alors ? Non. Il ne faut surtout pas.

Il se penche sur le corps, jette dessous la veste qui le recouvrait et en dénude le bas ventre. Un nouveau signe de croix accompagne ses gestes. Il s'apprête à toucher la seule preuve probablement vivante de sa luxure. Un je ne sais quoi le retient. Il retire ses mains. Finalement, après avoir observé les alentours, il charge précautionneusement le corps sur son épaule et disparaît entre les arbres en psalmodiant.

Chapitre 2
Angers – Gare SNCF

Dimanche, fin août, période des grandes transhumances humaines. Tout l'été, on s'est entassé sur les plages de l'Atlantique et de la Méditerranée par crainte de l'ennui. L'homo sapiens est ainsi fait. Il se plaint en permanence de ses conditions de vie citadines mais n'a de cesse de les reproduire partout où il passe. De retour au travail, que ce soit au bureau ou à l'usine, ce sera le concours de la personne la plus bronzée. Pour pas mal de gens, « bronzage » est synonyme de vacances réussies.

Dans un coin de la gare Saint-Laud d'Angers, Brice et Bertille se tiennent en retrait pour éviter d'être bousculés par la foule des arrivants, des partants et de ceux qui attendent, comme eux. La sœur de Brice est censée arriver par le prochain TGV en provenance de Paris. Elle revient d'un périple de trois semaines en Inde

Vêtu d'un jean délavé et d'une marinière Saint-James, l'homme a un visage poupon, des paupières tombantes sur un regard endormi. Ses tempes sont déjà bien dégagées par un début de calvitie. Il doit avoir une bonne trentaine d'années. Bertille a approximativement le même âge. Avec sa chevelure blonde resserrée en queue de cheval et ses vêtements sportwear, elle a l'allure faussement décontractée d'une éternelle étudiante.

Enfin, l'arrivée du train est annoncée. Comme une traînée de poudre, la fourmilière des proches venus attendre se précipite en direction du point d'accueil. Brice et Bertille restent impassibles face à ce mouvement de foule. À quoi bon ?

Charlotte a réussi à s'extraire de cette cohue et traîne derrière elle une malle à roulettes de bonnes dimensions. Grande, mince, brune aux yeux couleur de mousse, elle est vêtue d'un ensemble clair qui met en valeur son teint naturellement mat.

Elle les aperçoit et marche à leur rencontre. Ils s'embrassent. À leur mine, elle devine immédiatement qu'un malheur est survenu en son absence.

— Que se passe-t-il ? demande-t-elle, anxieuse, en les dévisageant l'un après l'autre. Vous avez des mines d'enterrement !

— Justement, confirme Brice, au bord des larmes. C'est bien le cas. Maman est décédée.

Charlotte se fige. Son regard exprime l'effroi, l'incompréhension. Elle essaie de prononcer un mot mais aucun son ne sort de ses lèvres.

Châteauneuf-sur-Sarthe.

Châteauneuf-sur-Sarthe est un gros village de plusieurs milliers d'habitants comme il en existe des centaines en France. La Sarthe, cette charmante rivière poissonneuse, serpente le long de l'agglomération. Ses berges sont bordées d'un chemin de halage planté de majestueux peupliers. Depuis longtemps déjà, il n'est plus emprunté que par les randonneurs et les pêcheurs.

La vie de la bourgade est encore ponctuée par les cloches de l'église et l'horloge de la mairie. Ici, le laïc et le religieux ne se côtoient pas. La mairie, siège de la vie républicaine, élève sa massive silhouette sur la place tandis que l'église paroissiale, dédiée à une sainte locale dont on a oublié les bienfaits, s'accroche à la pente relativement abrupte d'une rue qui glisse tranquillement vers la rivière.

Autrefois, la bourgade s'enorgueillissait d'une foire locale fréquentée par tous les agriculteurs et maraîchers de la région. Devenue aujourd'hui une petite cité-dortoir de la banlieue d'Angers, elle a tout de même conservé son esprit provincial.

Habituellement si calme, elle est à cet instant en pleine effervescence. Ce n'est pourtant pas jour de marché, mais pendant la nuit on a profané des tombes dans le cimetière. C'est la première fois que ça arrive et la population en est toute retournée.

Chapelle-le-Haut.

Chapelle-le-Haut est un petit village de campagne perché sur une colline, d'où son nom. Ses vieilles rues et ruelles ont conservé un vague aspect moyenâgeux. Situé à un jet de pierre de Châteauneuf-sur-Sarthe il a échappé à la banlieusardisation, en raison de son relatif éloignement de la route nationale. Au sommet du clocher de l'église paroissiale, qui date du 13e siècle, un fier coq gaulois se dresse sur ses ergots et grince au gré du vent. De là, on aperçoit les toitures des premières grandes maisons bourgeoises de Châteauneuf-sur-Sarthe.

L'abbé Louis Porte sert de curé pour les deux paroisses. S'il a établi son presbytère à Chapelle-le-Haut, ce n'est pas pour son cadre champêtre mais tout simplement parce que la dame âgée qui lui sert d'intendante demeure à proximité.

Cette double fonction l'oblige à faire de fréquents allers-retours entre ces deux lieux de culte, mais qu'importe ! Il a la vocation. À l'occasion, il monte sur son vélo ou conduit une vieille Citroën acquise à peu de frais. Il assume ainsi son ministère à la satisfaction de tous.

L'intérieur de l'église est simple. Plusieurs fresques illustrent des scènes bibliques. Des vitraux anciens laissent filtrer des rais de lumière violacée qui transforment le maître-autel en un étrange puzzle.

L'abbé est prostré au bas des marches et se frappe la poitrine en répétant inlassablement les mêmes litanies. Il tremble de fièvre. Des cernes profonds creusent son visage.

— Seigneur, pardonnez-moi mes fautes. Je ne suis pas digne de vous servir !

Il se relève, le visage baigné de larmes, remonte la travée centrale, sort de l'église et se dirige vers le presbytère. Il entre dans la minuscule salle qui lui sert de bureau et s'affale sur une chaise, le corps traversé de spasmes.

Angers.
Le château du bon roi René est un magnifique vestige de forteresse médiévale en schiste, construit pour Blanche de Castille. On peut y admirer la splendide tenture de l'Apocalypse. Ce berceau des Plantagenêt étendait sa puis-

sance, jadis, jusqu'aux confins de l'Écosse.

Sans renier son passé chargé d'histoire, Angers s'est résolument tournée vers l'avenir. Cité d'Art et d'Histoire, elle compte plusieurs universités, des médiathèques très documentées et des industries évoluant dans le secteur des hautes technologies.

Au commissariat central de la police, rue du Petit Thouars, c'est l'agitation habituelle. Des gardiens de la paix prennent ou cessent leur service. Des quidams viennent déposer une main courante contre des voisins bruyants, des chiens qui les auraient mordus ou autres vétilles sans grand intérêt.

Le lieutenant Gérard se familiarise avec son lieu de travail. Sorti récemment major de sa promotion de l'école de police, il a pu choisir son affectation. Originaire d'une famille angevine depuis des générations, il a demandé Angers pour débuter sa carrière dans la lutte contre le crime. Ambitieux mais raisonnable, il sait qu'on ne lui confiera pas de grandes affaires, du moins dans l'immédiat. Il va donc lui falloir passer, comme on dit, par le tout-venant : des vols à l'arraché et de petits larcins. Après tout, n'est-ce pas le quotidien de la majorité des policiers de France ? Rien à voir, évidemment, avec les feuilletons qui font florès sur les écrans de télévision. Dans un sens, c'est mieux car on y tue à tout va et l'hémoglobine coule à flot ! Dans la réalité, c'est un peu moins vrai. En tout cas, c'est le sentiment du jeune lieutenant Gérard.

Il découvre son nouvel environnement professionnel et se remémore l'entretien qu'il vient d'avoir avec son patron, le commissaire divisionnaire Machelles. Sans nul doute, il s'agit d'une personne jouissant d'une grande expérience, un homme rigoureux mais humain. Dur avec lui-même. Dur avec les autres. Pas question de jouer au fonctionnaire tatillon sur les horaires lorsqu'une urgence se présente. La vie personnelle et la vie de famille doivent être préservées, mais s'il y a un tordu dans les parages on les oublie tant qu'il n'est pas mis hors d'état de nuire

Gavroche n'est qu'un pseudonyme. Ses parents l'ont prénommé Brandon. C'était au début des années soixante-dix. Pourquoi Brandon ? En hommage à la vedette d'une série américaine « Beverly Hill » qui faisait vibrer le cœur de toutes les femmes au foyer. À défaut de fantasmer elles se contentaient de compenser ce manque sur leur rejeton dernier-né. On en a vu fleurir des prénoms américains ! Cette mode persiste d'ailleurs de nos jours. C'est une forme de cannibalisme moderne. Dans les temps anciens, on boulottait le cœur de son prochain pour s'approprier son courage, aujourd'hui, on se contente d'emprunter son prénom. C'est moins sanglant et probablement tout aussi efficace.

Brandon se fait donc donner du Gavroche parce qu'il traîne dans les rues à longueur de journée. C'est sous ce pseudonyme que ses compagnons de route et d'infortune l'ont adopté. De petite extraction comme on le chuchotait pompeusement autrefois et parfois encore dans certains quartiers huppés, il n'a jamais rompu avec son milieu d'origine. Scolarisé tardivement par des parents ignares, il est sorti de l'école communale de son village avec des notions de français et de calcul. Comme il se plaît à le dire : « Juste le nécessaire pour se débrouiller dans la vie ». En résumé, c'est un type un peu falot qui ne ferait pas de mal à une mouche.

Gavroche traîne sa cinquantaine aventureuse à travers la région angevine au gré des petits boulots qu'il trouve ici et là. Il a bien une adresse officielle chez un copain qui l'abrite de temps à autre, un lieu-dit situé entre Angers et Morannes. Cependant, c'est souvent dans un centre d'hébergement pour indigents qu'il échoue le soir venu. Parfois, il se demande comment il va tenir jusqu'à ce que la roue tourne. Tout est relatif, bien sûr ! Quelques euros suffisent à combler le pauvre bougre.

C'est dans ce but qu'il fait les cent pas devant la façade du Crédit municipal, boulevard Maréchal Foch. Mal rasé, la chevelure ébouriffée et grasse dont des boucles dépassent d'une casquette à carreaux défraîchie, il hésite à entrer. Pourtant, il va bien falloir qu'il se décide. Il a épuisé toutes les autres opportunités et ne songe pas encore à voler pour assurer sa subsistance. Penaud, honteux, il franchit enfin le seuil de cet honorable établissement bien connu dans son milieu sous le nom familier de « Ma tante ».

Chapitre 3
Angers.

— Maman est décédée, répète Charlotte, dévastée. Est-ce possible ?

Le visage blême, elle interroge son frère du regard espérant inconsciemment avoir mal compris. Elle se mouche avec un Kleenex que lui tend Bertille et cherche dans le fond de son sac de quoi essuyer ses pleurs.

— C'est affreux ! Comment est-ce arrivé ?

Brice se saisit de la grosse malle tandis que Bertille libère sa belle-sœur des menus paquets qui lui encombrent les bras.

— Viens, Charlotte, quittons cet endroit, propose Brice, en la prenant affectueusement par les épaules, nous serons mieux chez toi pour en parler.

Charlotte occupe un appartement dans une petite résidence construite à la périphérie d'Angers, à quelques pas de celle de son frère. Ce dernier gare sa Renault 16 aux amortisseurs un peu fatigués devant l'immeuble. Malgré ses modestes revenus il aurait pu, depuis pas mal de temps, changer de véhicule, mais c'est sans compter sur les attraits qu'exercent sur lui les torpédos datant d'un demi-siècle. « C'est ma danseuse, se plaît-il à répéter », conscient du fait qu'il lui est de plus en plus difficile de trouver certaines pièces détachées.

Anéantie, Charlotte se laisse choir dans un fauteuil, tandis que Bertille lui prodigue des paroles de réconfort et que Brice relève les stores qui sont restés baissés plus d'un mois.

L'appartement ressemble à sa propriétaire : fonctionnel et sobrement décoré.

Sur les murs blancs sont accrochés, ici et là, deux ou trois tableaux abstraits. Sur un buffet bas trônent des photos de famille disposées pêle-mêle.

— Allez-vous enfin m'expliquer ? se révolte-t-elle, en laissant glisser son regard sombre rempli de larmes de Brice à Bertille. C'était un accident ?

Brice approche une chaise.

— Non, Charlotte, dit-il calmement, c'est son cœur qui a lâché !

— Son cœur ? s'étonne la jeune femme en se mouchant.

Son frère confirme tandis que Bertille opine de la tête.

— Oui, insiste-t-il. Après ton départ, elle a été hospitalisée pour un problème de circulation. On a dû l'opérer et son cœur n'a pas résisté.

— Pourquoi ne m'avez-vous pas avertie ?

— Nous avons essayé mais il était impossible de te joindre. Tu te déplaçais sans cesse et tu ne consultais pas tes réseaux sociaux. Ce n'est qu'hier, quand tu as rebranché ton téléphone, qu'on a pu te parler pour venir t'attendre à la gare.

— Maman n'avait pas d'ennuis cardiaques et c'est quoi ce problème de circulation ?

— Tu sais bien qu'elle se plaignait depuis un certain temps d'avoir les jambes lourdes, lui rappelle Brice.

— Oui, bien sûr, reconnaît Charlotte qui se tapote encore les yeux et se barbouille de rimmel par la même occasion. Beaucoup de personnes âgées s'en plaignent mais elles ne se font pas opérer pour autant. Ça se traite très bien avec des médicaments.

— Apparemment, ça n'a pas été l'avis du docteur, rétorque Brice.

— Quel docteur ?

— Comme maman n'était pas satisfaite du traitement prescrit par son médecin habituel, elle est allée à la clinique Marguerite. Là, les examens qu'ils lui ont faits ont conclu qu'il n'y avait vraiment rien d'alarmant. Pourtant, deux jours plus tard, le service du professeur l'a convoquée en urgence. On pensait qu'elle allait rentrer juste après mais ils l'ont gardée en observation. Le lendemain, je me suis rendu à la clinique mais elle venait d'être opérée et je n'ai pas pu la voir. Le surlendemain, on ne nous a pas admis car elle était en soins intensifs et… elle est morte dans la nuit qui a suivi. Une crise cardiaque qu'ils m'ont dit !

— Mais maman n'a jamais eu de problèmes cardiaques, relève Charlotte de plus en plus méfiante. Et cette opération, c'était quoi ?

— Tu sais Charlotte, plaide Bertille, les docteurs nous parlent avec leurs mots à eux. On ne comprend pas tout. Toi tu comprendras peut-être mieux que nous.

— Et ensuite ? interroge Charlotte qui se lève pour jeter un œil par la baie vitrée.

— Ensuite ? Ensuite ? Qu'est-ce-que tu entends par là ?

Nous l'avons fait enterrer à Châteauneuf dans le caveau familial, à côté de papa.

Châteauneuf-sur-Sarthe.
De maison en maison, la nouvelle s'est répandue comme une traînée de poudre. Des tombes auraient été profanées dans le cimetière. Personne ne comprend. Ici, où tout le monde se connaît et se côtoie, on pensait être à l'abri du vandalisme.

En compagnie de notables du village et de membres du conseil municipal, le maire Albert Menu vient constater sur place l'étendue des dégâts. Derrière eux, l'ombre des cyprès plantés le long des allées accentue l'atmosphère naturellement triste du site.

— Enfin, il faut se rendre à l'évidence, dit-il. Châteauneuf-sur-Sarthe n'échappe pas au sort commun d'un monde qui évolue mal et ne respecte plus rien.

— Forcément, réplique le volailler qui est le plus important commerçant du coin. Avec toutes ces églises désertées et les presbytères qui se vident, les cimetières ne sont plus gardés. Il peut s'y passer n'importe quoi.

— La garde des cimetières relève depuis longtemps déjà de la compétence des communes, précise le maire. Jusqu'à maintenant, on pouvait penser qu'il ne s'y passerait jamais rien et on n'a pas les moyens de mettre un fonctionnaire en faction partout. Mais restons raisonnables. Ce ne sont que quelques pierres tombales qui ont été dérangées. On ne peut pas dire que le lieu ait été, à proprement parler, vandalisé.

Le notaire, ami d'enfance d'Albert Menu et membre du conseil municipal, réplique en injectant du monsieur le maire à tout va :

— Bien sûr, monsieur le maire. Néanmoins, il faut que tu préviennes les familles et le curé. Il y a certainement des gens qui voudront de l'eau bénite sur leurs tombes pour conjurer les présumés démons.

— Tu as raison, cher maître ! approuve l'élu. Je vais m'occuper de tout cela. Je vais aussi déposer une plainte au nom de la commune. Il ne faut pas que cela se renouvelle. Je leur mettrai la pression pour qu'ils se bougent et ne se contentent pas de noircir du papier. En deux mots, qu'ils fassent une véritable enquête. Je tiens à ce que Châteauneuf reste une bourgade tranquille. Les élections ne sont pas pour demain, mais quand même !

Chapelle-le-Haut.

L'abbé Louis Porte assume ses obligations sacerdotales. Il dépose son étole et son surplis dans la sacristie puis traverse la cour menant au presbytère.

— Monsieur le curé, monsieur le curé ! s'époumone à son approche un quidam essoufflé.

Le prêtre se retourne et aperçoit l'un de ses paroissiens. Éreinté, l'homme, qui sert parfois de sacristain dans l'une ou l'autre paroisse, s'éponge le front d'un revers de manche.

— Monsieur le curé, répète le nouveau venu de façon saccadée tant sa respiration est encore haletante, monsieur le curé ! On vous demande à Châteauneuf. Il s'est passé des choses là-bas cette nuit.

— Du calme, du calme, tempère le prêtre.

D'une main tremblante, il lui tapote légèrement le bras.

— Que s'est-il passé ?

— Y'a eu du grabuge dans le cimetière, cette nuit. On vous demande de venir.

Tout en cherchant à en savoir plus, le religieux tente de cacher le tremblement de sa main qu'il n'arrive pas à maîtriser.

Angers. Commissariat central.

— Commandant, je vous présente le lieutenant Gérard qui vient d'être affecté à notre commissariat pour renforcer l'équipe. Depuis le temps que nous l'attendions, il est le bienvenu. Vous allez le prendre sous votre aile et je compte sur vous pour en faire un bon officier. Il sort de l'école. De la théorie, il en a plein la tête, maintenant, il lui faut de la pratique !

Le commandant Verdeau, la quarantaine bien sonnée, a le profil du baroudeur fort en gueule. Il échange avec le nouveau une vigoureuse poignée de mains.

— Bon, le reste ce sera pour plus tard, les interrompt le commissaire. Le travail, d'abord. Verdeau, je viens d'avoir un appel du proc. Le cimetière de Châteauneuf a été visité cette nuit. Comme on a dérangé le repos éternel des parents de l'un de ses amis... – un de je ne sais trop quoi, enfin, quelqu'un d'important – il veut qu'on aille voir ça de près. En plus, Menu, le maire, s'en est mêlé.

— Pourquoi ce n'est pas la gendarmerie qui s'en occupe ? demande le commandant en remettant en place une mèche rebelle. On n'a pas assez à faire ?

— Ne contestez pas toujours, commandant. Nos supérieurs en ont décidé ainsi. De toute façon, vous filez là-bas et demain, on passe à autre chose. C'est simple, d'accord ?

Verdeau sort du bureau de son supérieur en marmonnant, le lieutenant Gérard sur les talons.

Gavroche franchit d'un pas hésitant le porche de l'agence du Crédit municipal. Il traverse la petite cour pavée qui précède le hall d'accueil et débouche dans une grande salle insuffisamment éclairée où de nombreuses personnes attendent leur tour.

Un microcosme de la misère humaine ! Pour certains, le purgatoire avant l'enfer. De toute la région on y vient mendier un prêt sur gages contre un vieux bijou de famille dont on ne se défait que par nécessité. Un rien mais qui est toute la fortune de ces pauvres gens. Ils ont le regard fixe des paumés et l'air soucieux des mauvais jours. Le front ridé par trop de malchance, ils serrent leur trésor dans la paume de leurs mains gercées. Ce trésor ? Leur seul espoir d'une survie temporaire en attendant un hypothétique miracle. Certains patientent depuis plusieurs heures tant les besoins sont impérieux et les négociations ardues. Il en est qui ressortent avec un léger sourire aux lèvres et d'autres plus désespérés qu'en arrivant.

C'est la première fois que Gavroche se rend dans cette honorable maison mais il est raisonnablement optimiste. Il a dans sa poche plusieurs babioles en or et espère, en échange, obtenir quelques sous. Il a bien tenté de les vendre mais personne n'en a voulu. Il est déçu car il pensait que l'or attirait plus que ça. Il a dû déchanter.

Chapitre 4
Châteauneuf-sur-Sarthe, le cimetière, le lendemain.

Albert Menu, le maire, et l'abbé Louis Porte, curé de la paroisse, s'avancent dans les allées. Ils conversent au sujet des derniers événements qui ont marqué la population. Une légère brise soulève la poussière accumulée sur les monuments funéraires.

— Ne vous inquiétez pas, le rassure le prêtre. De quelques pierres tombales dérangées ne faisons pas un drame. Il n'y a pas eu profanation à proprement parler.

— Bien sûr, concède le premier magistrat de la ville en lissant sa grosse moustache. Cependant, il s'est passé des choses – excusez l'expression – pas très catholiques.

— Je vous l'accorde, monsieur le maire ! Cependant, n'est-il pas préférable pour notre petite communauté de ne pas alerter tout le monde ? Qu'apportera une enquête ? Des journalistes curieux qui troubleront la quiétude des uns et des autres ? Des policiers qui embêteront tout le voisinage pour une bande de mauvais plaisants qui sont bien loin d'ici à présent ?

— Évidemment ! reconnaît Albert Menu, mais…, vous comprenez, ce n'est pas normal ! Ceux qui ont fait ça peuvent revenir !

— Pensez-vous ! plaide le curé. Il s'agit certainement d'une bande d'ivrognes venue cuver son vin ici. La prochaine fois ils iront ailleurs, voilà tout ! Je me fais fort de tout remettre en ordre rapidement avec des paroissiens de bonne volonté. Il n'y paraîtra plus rien d'ici un jour ou deux.

Albert Menu hésite sur le comportement à adopter. D'un côté, il est désireux que la lumière soit faite sur ce vandalisme, d'un autre, il est sensible aux complications que ce dépôt de plainte apportera dans le déroulement de sa vie quotidienne et de celle de ses concitoyens. Finalement, il conclut :

— Vous m'avez convaincu, l'abbé. Puisque vous vous engagez à tout remettre en ordre, je vais, de ce pas, retirer ma plainte.

Il salue le prêtre en portant la main à son chapeau et prend le chemin de la sortie le cœur plus léger.

Gavroche, sa casquette à carreaux crasseuse vissée sur le crâne, traîne sa flemmardise le long de la Grand-rue d'Étriché, une bourgade située entre Angers et Châteauneuf. Le vagabond y vient de temps à autre s'y réfugier chez un copain. Pour parvenir jusque-là, il monte au hasard dans un TER, sans billet bien sûr ! Les contrôleurs, il s'en fiche complètement. Que peuvent-ils faire ? Verbaliser ? Il n'a pas d'argent. Il ne risque donc pas d'en donner !

À Etriché, le copain en question, répondant au pseudo de Blaireau, l'héberge. Ce n'est pas un friqué, loin de là, mais il a hérité une toute petite maison de ses parents. La cinquantaine hâlée, le mégot rivé en permanence à la commissure des lèvres, Blaireau travaille ici et là dans les champs des maraîchers locaux. Son surnom, il le doit à son allure. Il est court sur pattes, un peu voûté et doté d'une démarche pataude.

Compagnons d'infortune, Blaireau et Gavroche ont sympathisé, puis la maisonnette est devenue au fil du temps le domicile officiel de ce chemineau des temps modernes. Il n'y fait pourtant que de brèves apparitions qui coïncident souvent avec les périodes de dèche. Mais quand Gavroche rapplique chez Blaireau, il est certain d'y trouver gîte et couvert.

L'autre aime bien le voir mais pas trop souvent non plus. En effet, lorsqu'il l'entend frapper à la porte, c'est toujours comme on dit avec une main devant, l'autre derrière et rien dans les poches. Son hôte, lui, a toujours de quoi. Du travail dans les champs, il ramène des légumes et des fruits. De temps en temps, il y a même un poulet ou un lièvre dont il est parfois préférable d'ignorer la provenance. Un chapardeur, lui ? Non, se défend-t-il. Les poules, il y en a qui s'égarent dans la campagne. À qui sont-elles ? Quant aux lièvres, les collets ne sont pas faits pour les chiens.

Gavroche traîne les pieds jusqu'au bout de la Grand-rue. Il vire dans le chemin vicinal bordé de pavillons sans grand attrait où habite Blaireau. Le vagabond a sa tête des mauvais jours. Pour une fois qu'il pensait faire bombance à ses frais, il n'en est rien. Le préposé du Crédit municipal s'est montré circonspect face au gage qu'il proposait. Ne pouvant donner son accord sans la bénédiction de sa hiérarchie il lui a demandé de repasser sous huitaine.

Gavroche fait donc son entrée chez Blaireau penaud et tristounet.

Châteauneuf-sur-Sarthe.

Le commandant Verdeau a des dossiers bien plus importants à traiter que quelques pierres déplacées dans un petit cimetière de campagne. Gérard est donc chargé de se rendre sur place. Au fond de lui, il ne trouve pas normal qu'on monte cette affaire en épingle, simplement parce qu'elle touche un ami du procureur.

Au volant de sa Mégane banalisée, il débouche sur la place de la mairie, contourne la statue de Robert le Fort – ancêtre de plusieurs générations de rois de France – et se gare sur un emplacement réservé aux élus. Cet outrage lui vaut immédiatement le courroux d'un employé municipal.

Soucieux de ne pas entamer une polémique stérile, le policier se contente de brandir sa carte professionnelle. Le cerbère se confond alors en excuses.

Gérard s'empare de son blouson posé sur le siège arrière, vérouille les portières et sort de son véhicule. Un vent léger le fait frissonner. Il gravit deux par deux la volée de marches accédant à l'hôtel de ville. L'employé, essoufflé, l'escorte.

Une sirène stridente se déclenche et stoppe le lieutenant dans son élan.

— Que se passe-t-il, demande-t-il, surpris.

— M'ssieu, c'est tout simplement le premier mercredi du mois.

— C'est vrai, se rappelle le policier en se frappant le front de la paume de la main. Espérons que cet exercice ne sera jamais plus qu'un exercice.

— Que puis-je faire pour vous ? demande le cerbère, redevenu agent d'accueil.

— Voir monsieur Menu, votre maire.
— Vous avez un rendez-vous ? bougonne l'employé.
— Non. Dites-lui qui je suis. Vous verrez, il va me recevoir tout de suite !
— Bien, bien, se contente de commenter son interlocuteur sans insister.
Il décroche le combiné placé sur son bureau et annonce le visiteur.
— Il vous attend, précise-t-il. Premier étage. C'est juste en face de l'escalier d'honneur. Vous ne pouvez pas vous tromper.
Gérard grimpe plus qu'il ne monte ledit escalier. Sur le palier, un homme lui tend une main calleuse. Voici quelqu'un qui a dû travailler dur, se dit le policier en la saisissant.
— Albert Menu, se présente-t-il en lissant sa grosse moustache.
L'homme a plus de soixante-dix ans. Il entraîne Gérard dans son bureau et lui désigne un siège. Il s'installe à son tour dans un fauteuil Voltaire, jouxtant un meuble bas marqueté de style Empire, sur lequel s'empilent plusieurs dossiers.
— Vous vous êtes déplacé pour rien ! précise-t-il à son visiteur.
Tout en l'écoutant, Gérard admire la salle. Une très belle pièce aux murs recouverts à mi-hauteur de boiseries et, au-delà, de tentures. Au centre du plafond une fresque couleur pastel illustre diverses scènes de la vie agricole locale. L'ensemble est éclairé par un plafonnier des années 50 qui jure avec le reste de la décoration.
— Comme je vous le disais à l'instant, lieutenant, pour-

suit le maire sur un ton bonhomme, je me suis un peu emballé. Finalement, cette histoire de cimetière n'est pas grand-chose. Quelques vieilles pierres déplacées. Pas de quoi fouetter un chien. Le curé va tout remettre en place avec ses ouailles. Dans deux jours, il n'y paraîtra plus rien.

— Un chat ! rectifie Gérard.

— Quoi ? réagit Menu, sur un ton bourru.

— Un chat, répète Gérard, amusé. On ne dit pas « fouetter un chien » mais « fouetter un chat ».

— Ma foi, ricane le maire, fouetter un chat, soit ! Enfin, peu importe l'animal !

— Et votre plainte ?

— Je vais la retirer. Inutile de perdre votre temps avec ça. Vous avez certainement d'autres chats à fouetter, conclut-il en ricanant de nouveau.

— Je ne vous le fais pas dire ! confirme le policier en se levant pour prendre congé.

Le maire le raccompagne et lui souhaite une bonne soirée.

Le lieutenant Gérard profite d'être dans la commune de Châteauneuf pour aller jeter un coup d'œil au cimetière.

Angers.

La nuit de Charlotte a été particulièrement agitée. Les cauchemars se sont succédés, entrecoupés par les souvenirs d'une mère affectueuse. La psyché de sa salle de bain lui renvoie une mine de papier mâché. Elle se parle à haute voix. Des questions sans réponse. Sa tête bourdonne. Des névralgies tenaces la font souffrir.

Que s'est-il passé réellement ? Lorsqu'elle est partie pour son périple en Inde, sa mère se portait comme un charme. Bien sûr qu'elle souffrait de douleurs dans les jambes comme beaucoup de femmes de son âge, mais rien de grave. Qu'elle ait tenu à consulter un autre praticien, soit, mais de là à accepter une intervention chirurgicale urgente ! Et puis, il faut bien reconnaître que les explications fournies par Brice et Bertille ne sont pas vraiment convaincantes. Ces deux-là sont bien gentils mais pas très curieux. D'un autre côté, elle ne peut pas leur en vouloir. Les médecins s'entendent pour baragouiner dans un langage que personne ne comprend. Le mieux serait d'y aller.

Elle gomme par un léger maquillage les marques de cette nuit pénible, enfile une tenue sobre et se rend directement à la clinique Marguerite.

Une femme dont les grosses lunettes de myope mangent la moitié du visage l'accueille, l'air pincé.

Apparemment, le sourire n'est pas au menu, pense la jeune femme.

— C'est pourquoi ? interroge l'hôtesse d'un ton revêche.

— Je dois voir le médecin qui a reçu ma mère, madame Mélanie Bouron.

— Pourquoi voulez-vous le voir ? demande la secrétaire médicale sur le même ton bourru.

— Ma mère a été soignée dans votre établissement et y est décédée. Il me semble donc normal que je puisse m'entretenir avec ce médecin, réagit vivement Charlotte.

Le visage de l'hôtesse s'adoucit. Elle lui adresse un léger sourire de compassion et consulte l'écran de son ordinateur.

— C'est le professeur Plante.

— Puis-je le voir ? demande Charlotte, impatiente.

— Il vous faut un rendez-vous, répond l'hôtesse qui a

repris son masque austère.

— C'est urgent, insiste Charlotte, en s'efforçant de garder son calme. Je ne viens pas pour une consultation mais pour obtenir des explications. Je pense qu'il peut me recevoir entre deux patients.

— Je regrette mais c'est impossible, maintient la grosse myope sur un ton autoritaire.

— Alors puisqu'il en est ainsi, donnez-moi un rendez-vous !

Nouvelle consultation de l'écran.

— Mercredi en quinze vous conviendrait ?

— Je ne vais pas attendre si longtemps, s'énerve Charlotte. Ne pourriez-vous pas le joindre pour lui demander si...

— Non, l'interrompt l'hôtesse. Le professeur est actuellement au bloc opératoire. Il est impossible de le contacter.

Charlotte s'obstine. La grosse myope se montre enfin conciliante :

— Écoutez, prenez ce rendez-vous et dès que je vois le professeur Plante je lui pose la question. Si c'est possible, je vous appelle pour vous prévenir. Cela vous va ?

— Il le faut bien, admet la jeune femme, en donnant ses coordonnées.

Châteauneuf-sur-Sarthe. Le cimetière.

Le lieutenant Gérard gare sa Mégane à l'ombre des peupliers qui bordent l'enceinte du cimetière. Plusieurs personnes rassemblées à proximité se retournent. Le policier descend de voiture et pousse la grille. Un prêtre s'avance à sa rencontre, le prenant pour l'un de ses paroissiens.

— Bonjour, mon fils, l'accueille-t-il le sourire aux lèvres. Si vous êtes venu pour nous aider, vous arrivez un peu tard mais je ne vous en remercie pas moins. Vous êtes comme l'ouvrier de la dernière heure de la parabole du Christ.

Il l'observe plus attentivement et ajoute :

— Venez-vous d'emménager dans notre paroisse ? Je ne me souviens pas vous avoir déjà rencontré ?

— Non, en effet, rectifie le policier en montrant sa carte. Je suis de la PJ d'Angers. J'enquête sur les événements survenus dans ce cimetière.

— Ah ! s'exclame le prêtre, inquiet. Beaucoup de bruit pour pas grand-chose ! Tout est remis en ordre comme vous pouvez le constater. Monsieur le maire s'est un peu emballé. Il devait retirer sa plainte. Ne l'a-t-il donc pas fait ?

— Il l'a fait, confirme Gérard.

— Alors votre présence ici n'est pas…

— Nécessaire, complète le policier. Effectivement ! Mais puisque j'étais sur place j'ai voulu me rendre compte par moi-même de la situation.

Joignant le geste à la parole, il jette autour de lui un regard circulaire. Plusieurs personnes s'activent en effet dans les allées pour que ne subsiste aucune trace de désordre dans ce lieu dévolu au recueillement.

— Comme vous pouvez le constater, commente le curé, il est inutile de vous attarder pour un incident, somme toute, sans gravité.

— Monsieur Menu m'a déjà dit tout cela. Il n'y aura donc pas d'enquête.

— Parfait, parfait ! conclut le prêtre en congédiant le visiteur.

Le policier s'éloigne mais ne regagne pas immédiatement la sortie. Il chemine entre les tombes et autres chapelles funéraires, les examinant, semble-t-il au prêtre, avec un peu trop d'attention. Préoccupé, ce dernier le rejoint.

— Que cherchez-vous, mon fils ? Je croyais votre mission terminée ?

— J'aime bien flâner dans ces endroits paisibles à la découverte de détails concernant les personnes qui y sont enterrées.

— Ah bon ! s'étonne l'ecclésiastique, quoi, par exemple ?

— Voyez là-bas, explique Gérard en désignant une tombe datant du début du siècle dernier, à moitié envahie par le chiendent. Si vous la regardez bien, vous remarquerez qu'elle n'est pas surmontée par une croix comme beaucoup d'autres mais qu'on y voit une simple flamme sculptée dans le marbre. Et si vous regardez de plus près vous apercevrez les insignes de la franc-maçonnerie finement gravés. C'est donc un franc-maçon qui repose ici. Celui-là, mon père, vous ne l'auriez probablement pas accompagné jusqu'à sa dernière demeure !

— D'après la date de son décès, certainement pas, confirme le prêtre.

— Je tiens d'un oncle cet intérêt pour les messages cachés, confie le policier. Petit, il me traînait partout et m'expliquait mille clins d'œil adressés aux générations futures. Des détails infimes pour certains, mystérieux pour d'autres, jalonnent les tombes, les sculptures et autres détails architecturaux religieux.

Ils poursuivent ainsi leur conversation tout en se dirigeant vers la sortie.

Chapitre 5
Le lendemain, au commissariat central

Un dossier sous le bras, le commandant Verdeau sort du bureau du commissaire Machelles en bougonnant.

— Comme si je n'avais pas assez de travail ! maugrée-t-il.

Il traverse le couloir et pénètre dans la pièce que le lieutenant Gérard partage avec un autre enquêteur. Il lui tapote le dessus de la tête avec le dossier. Ce dernier feint de l'esquiver tout en affichant un large sourire.

— Tiens, voici de quoi te faire les dents. Un cadeau du patron pour nous deux, mais comme tu as déjà bossé là-dessus... Moi, je reste dans les parages au cas où. N'hésite pas si tu as besoin d'un coup de main!

Gérard jette un coup d'œil rapide et réplique :

— C'est une affaire terminée que tu me donnes là. Le commissaire n'a pas lu mon rapport ?

— Si, précise Verdeau, en rejetant en arrière sa mèche rebelle.

— Et alors ? Que dois-je faire d'autre ?

— Le maire a bien retiré sa plainte mais une autre a été déposée dans l'intervalle !

— Une autre ? fait Gérard, étonné.

— La famille je ne sais plus qui dispose d'une concession perpétuelle dans ce petit cimetière et n'entend pas laisser ce délit impuni.

— Et alors ? répète une nouvelle fois Gérard.

— Et comme ils ont une certaine influence politique dans la région, je te laisse deviner la suite.

— Quelle barbe ! conclut le lieutenant. On a pourtant des affaires plus graves à résoudre !

— Je ne te le fais pas dire mais les ordres sont les ordres. Et puis, il faut bien admettre qu'il y a eu d'autres visites insolites de cimetières dans la région au cours de ces dernières semaines. Pour commencer, retourne sur place, on ne sait jamais. Même si tout le monde y a piétiné, on peut tomber sur un indice qui nous aurait échappé.

— Ensuite ?

— J'te dirai. En attendant ton retour, je dois auditionner un pauvre type qui a fait des chèques en bois. C'est soit un escroc à la petite semaine, soit un crève la faim.

Clinique Marguerite. Dans la journée.

Charlotte constate que le secrétariat de la clinique ne l'a pas rappelée. Elle s'en doutait un peu. Elle se présente donc le jour du rendez-vous pris initialement.

Assise dans la salle d'attente, elle guette avec de plus en plus d'impatience son tour qui ne vient pas. Autour d'elle des personnes impassibles semblent accepter leur sort avec une sorte de fatalité. Il n'y a vraiment rien ici pour se remonter le moral, pense-t-elle.

L'heure de son rendez-vous est largement passée. Les minutes s'égrènent avec une lenteur insupportable. Elle n'en peut plus et se lève, bousculant au passage un bambin qui joue par terre sans surveillance. La mère le rattrape de justesse et adresse à Charlotte un regard courroucé.

— Vous êtes certaine qu'on ne me m'a pas oubliée ? demande la jeune femme à la secrétaire médicale. Cela fait plus d'une heure que j'aurais dû être appelée.

— Comme vous voyez, tout le monde attend. Votre tour viendra ! rétorque cette dernière, l'air indifférent.

Charlotte soupire et regagne sa place encombrée par les jouets du bambin. Du pied, elle les pousse. Nouveau regard meurtrier de la mère tandis que l'attention de Charlotte se focalise sur la porte du cabinet qui vient de s'ouvrir. Un patient sort, remercie le praticien et s'éloigne. Le médecin appelle un autre nom. Charlotte se précipite, barrant le passage au nouvel élu.

— C'est mon tour maintenant, s'exclame-t-elle.

Surpris, le médecin tempère :

— Excusez-moi mademoiselle, mais il faut attendre comme tout le monde.

— Cela a assez duré, s'énerve la jeune femme. Si vous cherchez à user de ma patience, c'est raté. J'ai à vous parler et tout de suite.

Elle franchit le seuil du cabinet de consultation tant et si bien que le professeur n'a d'autre choix que de la suivre après un geste d'impuissance en direction du patient appelé.

— Mademoiselle, ce ne sont pas des manières ! relève-t-il en refermant la porte derrière lui. Si tout le monde...

Charlotte l'interrompt :

— Monsieur, je ne viens pas me faire soigner mais vous demander des explications.

— Des explications ? s'étonne le professeur en s'installant à son bureau.

Il ôte ses lunettes demi-lune et les bloque sur son front.
— Oui ! Je suis la fille de Mélanie Bouron que vous avez soignée d'une manière tellement efficace qu'elle en est morte.

Angers. Crédit municipal.
Brandon dit Gavroche est de retour devant « Chez ma tante ». Toujours aussi fauché, il vient aux nouvelles. Les experts de l'honorable établissement ont-ils pris leur décision et sur quelle base ? Il est rempli d'espoir. Ainsi, il pourra, à son tour, régaler Blaireau. Sur le seuil, il remet un peu d'ordre dans sa tenue vestimentaire. Il soulève sa casquette, l'époussète d'une main qu'il passe ensuite en tréteau dans sa chevelure grasse et ébouriffée. Il réajuste sa veste fripée, lisse son pantalon décoloré et s'avance timidement. Blasé par toute la misère qui franchit la porte, le gardien le regarde passer.

Sans patienter parmi ses semblables, Brandon frappe directement à la porte du bureau 15.
— Entrez, lui répond une voix monocorde.
— Bonjour, dit-il, en entrant.
— Que voulez-vous ? lui demande-t-on.
Brandon ôte sa casquette et commence à la tourner entre ses mains.
— Je suis Brandon Charpentier. L'autre jour, j'suis venu pour un prêt. J'vous ai laissé des objets en or que vous deviez chercher la valeur. On m'a dit d'repasser aujourd'hui.
— Charpentier, dîtes-vous ? répète le préposé. Attendez que je cherche dans mon fichier. Charpentier… Ah ! Voilà !
Il gratte son crâne dégarni en consultant le document puis plisse le front, fronce les sourcils et annonce :
— Asseyez-vous, monsieur. Oh oui, c'est ça !

Brandon-Gavroche s'assied timidement sur le bord d'une chaise.

— Dites-moi, monsieur Charpentier, vous les tenez de qui ces objets ?

Tout en parlant, le préposé sort un petit sac de toile d'un coffre scellé dans le mur. Il en ouvre les cordons et laisse choir sur le sous-main de son bureau deux montres, une gourmette, plusieurs bagues et des alliances.

— Vous les avez achetés où ? Un héritage ?

Brandon hésite puis bafouille de plus belle en tripotant sa casquette.

— J'les ai trouvées chez mes parents lorsqu'ils sont morts.

— Ah bon ? Curieux, ces prénoms gravés sur la gourmette et les alliances ! Des membres de votre famille ?

— Oui, c'est ça ! confirme Gavroche, soulagé que le préposé lui ait soufflé une réponse convenable.

— Il faudrait cependant nous apporter une quelconque preuve que ces bijoux vous appartiennent bien, vous comprenez ? Ce sont des objets personnalisés. Si nous n'avons pas la preuve qu'ils sont bien légitimement à vous, on ne peut rien faire !

— C'est pourtant à moi ! Je ne les ai pas volés ! se défend Gavroche en relevant la tête.

— Bien sûr ! marmonne son interlocuteur en l'observant par-dessus ses lunettes. Nous ne disons pas le contraire. Cependant, comme vous ne pouvez pas le prouver...

— Tant pis. Alors rendez-les-moi ! J'me débrouillerai autrement.

— Bien sûr, bien sûr ! approuve à nouveau l'employé du Crédit municipal en lui tendant un reçu à signer.

Chapitre 6
Angers.

Charlotte quitte le service du professeur Plante. Elle est furieuse et se précipite au-dehors. Comme si cela ne suffisait pas, elle accroche un de ses talons hauts dans un nez de marche caoutchouté.

Elle perd l'équilibre, se redresse, bascule en avant et se raccroche in extremis à la rampe. Sa chaussure décapitée à la main elle regagne sa coccinelle métallisée, garée sur le parking. D'un coup de bip, elle en déverrouille les portières, balance sur le siège arrière son sac à main et ses deux chaussures et démarre à tombeau ouvert.

La tête ailleurs, ressassant des idées noires, elle commet plusieurs infractions au code de la route. Des coups de klaxon saluent son passage. Elle écope finalement d'un procès-verbal accompagné d'un sermon de la force publique mais il lui en faut plus pour dissiper sa mauvaise humeur.

Ce n'est que lorsqu'elle se gare à proximité d'une vieille R16 autour de laquelle s'affaire son frère Brice vêtu d'un jean couvert de cambouis, qu'elle retrouve un semblant de calme.

— Salut, Brice.

Il manque se cogner la tête contre le capot en se redressant.

— Ah ! C'est toi ! dit-il, surpris en s'essuyant les mains sur un chiffon graisseux. Je ne t'embrasse pas mais le cœur y est.

— Je peux te parler cinq minutes ?

— Bien sûr.

— Allons chez toi. Je n'ai pas envie de discuter sous la fenêtre des voisins.

Brice sert à sa sœur un verre de Whisky et disparaît un moment dans la salle de bain pour se changer.

— Je t'écoute, dit-il en s'asseyant devant elle, une serviette à la main.

— Je viens de la clinique Marguerite, dit-elle.

— Qu'espérais-tu y trouver ? demande son frère. Je sais ce que tu penses mais il faut accepter ce qu'il nous arrive. La vie est ainsi faite.

— Certainement pas ! s'offusque la jeune femme, et ma visite n'a fait qu'accentuer mes doutes. Il était clair qu'ils ne voulaient pas me recevoir.

— Tu ne te fais pas un peu de cinéma ? demande Brice, en fronçant les sourcils.

— Évidemment ! Je me doutais que tu réagirais ainsi ! s'énerve Charlotte. Toi, tu es prêt à tout accepter, sans même discuter.

— Mais... que veux-tu faire ? se défend Brice. Ils t'abreuvent de mots longs comme ça auxquels tu ne comprends rien. Ce n'est pas ce qui s'est passé aujourd'hui avec toi ?

— D'une certaine façon, si, admet-elle. Mais, moi je ne vais pas en rester là. J'ai d'ailleurs demandé à voir le

dossier médical de maman.
— Et ils te l'ont montré ?
— Non. Le professeur a prétexté qu'il contenait des notes internes.
— De toutes façons, tu n'y aurais rien compris. Cela ne sert donc à rien. Et puis, pourquoi penser qu'il s'est passé quelque chose d'anormal ? Ce genre de situation arrive tous les jours ! s'exclame Brice, convaincu.
— Je sais mais il n'empêche ! insiste la jeune femme. J'ai demandé à en recevoir une copie. Je n'ai pas du tout aimé le comportement de ce médecin. Il te regarde de haut. Pour qui se prend-t-il ?
— Il ne te reste donc plus qu'à patienter, conclut Brice.
— Patienter ? Oui, mais combien de temps ? J'ai bien peur de ne jamais le recevoir.

Commissariat central.
Le lieutenant Gérard a pris contact avec d'autres brigades de la région dans le ressort desquelles des cimetières ont été visités. À ce jour ils n'ont aucun suspect sérieux et des dossiers qui, s'ils ne sont pas classés sans suite, sont oubliés sur des étagères. Peu de chance qu'il puisse en faire autant. L'homme influent qui a déposé la plainte va certainement suivre de près l'évolution des investigations et réclamer un coupable. Il n'a pas tort non plus, pense le policier, convaincu que tout délit mérite une sentence.
Alors qu'il est en train de recopier sur un calepin les informations recueillies par téléphone, le commandant Verdeau entre dans le bureau.
— Bonjour, lieutenant ! Où en es-tu dans notre enquête ?

— Notre enquête... notre enquête ! répète Gérard intentionnellement.

Le jeune policier lui fait un compte-rendu des contacts pris avec les autres unités de police ou de gendarmerie. Verdeau l'écoute attentivement tout en lisant, sur le calepin, le nom des communes impliquées dans l'affaire.

— Thouarcé, Auverse, Seiches, Aubigné et Châteauneuf... Hum, hum... !

— Cela t'inspire ? s'enquiert Gérard, à l'affût du moindre indice.

— En fait, pas grand-chose..., encore que...

— Encore que quoi ? le presse le lieutenant, avide de savoir.

— Encore que..., ajoute le commandant, en ménageant ses effets. Tu as les dates des ... visites ?

— Oui ! Bien sûr ! affirme Gérard, en montrant un feuillet raturé. J'étais en train de remettre tout au propre lorsque tu es arrivé !

— Ce n'est probablement qu'une coïncidence mais regarde ce qui se passe quand on classe par ordre chronologique les lieux où ont été commis les délits ...

Gérard s'exécute et récite à haute voix :

— Seiches, Aubigné, Thouarcé, Auverse et ... Châteauneuf ?

— Aligne les premières lettres : S, A, T, A, C ... Évidemment. Châteauneuf fait désordre mais le reste ça fait presque SATAN.

Il repose le feuillet et s'assied en face du lieutenant.

— Ce n'est probablement qu'une coïncidence mais elle est troublante.

— C'est quand même un peu tiré par les cheveux, fait le lieutenant.

— Cela vaut la peine de vérifier. Tu sais, avec toutes ces bandes de désaxés qui, de nos jours, profitent de la misère humaine, ces gourous et autres envoyés de l'au-delà... J'en mettrai bien quelques-uns derrière les barreaux pour les ramener sur Terre !

Le lieutenant écarquille les yeux, incrédule.

— Tu penses à qui ?

— À toutes ces sectes à la gomme !

— Oui, c'est vrai ! confirme Gérard. J'en ai entendu parler mais je ne pense pas qu'ils aient pignon sur rue.

— Va voir Rousseau. Il a déjà donné là-dedans. Il en connaît un rayon. Il peut te tuyauter. Après, on en reparle. D'accord ?

Il jette de nouveau un œil sur le fruit de sa réflexion et, satisfait de lui, se dirige vers la porte.

— Et que fais-tu du C de Châteauneuf ? l'interpelle Gérard.

— Tu sais, il y a aussi des analphabètes chez les cinglés ! argumente le commandant en souriant. Plus sérieusement, une erreur de lieu est possible. Ils pensaient être ailleurs, tout simplement. Il y a bien un ou deux villages dont les noms commencent par un N dans le coin ?

— Sûrement !

Chapelle-le-Haut, le même jour.
L'abbé Louis Porte se conduit en prêtre exemplaire. Aucune pénitence ne le rebute y compris le port du cilice. Tous ces châtiments lui sont doux en comparaison des péchés qu'il pense devoir se faire pardonner. Au moins,

ils lui permettent d'assumer pleinement son sacerdoce. Par mimétisme avec le Christ, il a décidé de jeûner pendant quarante jours afin d'être mieux armé pour résister aux tentations du malin. Il en fait le serment. Le démon n'aura plus aucune prise sur lui, quels que soient les obstacles qu'il mettra sur sa route.

— Ce n'est pas bien ! lui répète sans cesse la vieille femme qui lui sert de temps en temps de bonne. Vous n'êtes déjà pas gros. Dans quelques jours, il ne restera plus rien de vous. Vos paroissiens ont besoin d'un curé en bonne santé. L'Église a assez de martyrs. Inutile de songer à allonger la liste. Vous seriez plus utile dehors qu'à vous frapper la poitrine à longueur de journée.

Rien n'y fait. Les litanies de la brave femme n'ont aucun effet sur le prêtre. Tous les péchés du monde semblent peser sur ses épaules.

— Vous êtes bien bonne de penser à moi ! remercie le curé. Mais vous ignorez tout de ma vie. Je suis un grand pêcheur. J'ai beaucoup à me faire pardonner.

— N'importe quoi ! plaide sa gouvernante, en haussant les épaules. Qu'est-ce qu'un homme comme vous peut bien commettre comme péché ? Je ne vous vois jamais sortir de vos prêchi-prêcha !

— Les choses ne sont pas toujours aussi simples qu'on le croit. Dieu, lui, sait !

Chapitre 7
Châteauneuf-sur-Sarthe

Le lieutenant Gérard fait le tour des estaminets et autres bouges du village fréquentés par les piliers de bistrots.
C'est comme chez les coiffeurs, se dit le policier, c'est là qu'on recueille des ragots parfois intéressants, l'abus d'alcool entraînant souvent une convivialité propice aux confidences. Après, bien sûr, il faut trier le faux du vrai. Enfin, dans les bourgs de campagne, il est nécessaire d'en passer par là !
Il en sort avec un mal de tête et la voix enrouée. L'atmosphère chargée d'alcool et d'odeur de tabac froid y sont certainement pour beaucoup. Malgré la migraine, il poursuit sa quête.
Le Café des sportifs est le dernier sur sa liste. Un troquet où jadis on ne devait servir que des jus de fruit et de la limonade aux membres des clubs de sport qui s'y rassemblaient. Aujourd'hui, le patron de cet auguste établissement, répondant au prénom de Gaston, officie dignement derrière le zinc. À grand renfort de paroles accueillantes, son objectif est de garder le client le plus

longtemps possible au bar. La soixantaine, la barbichette et la chevelure clairsemée, il a le visage large et rougeaud des amateurs de bonne chère. Bravant la loi avec l'assentiment des habitués, son mégot, imbibé de salive, est collé en permanence à la commissure de ses lèvres. La cendre tombe régulièrement sur sa cotte bleue qui semble la tenue vestimentaire préférée des consommateurs. Sa faconde est tellement exubérante qu'on le prendrait pour un Méditerranéen. Cependant, son accent ne trompe pas. Il est angevin jusqu'au bout des ongles.

À Châteauneuf, un chien écrasé fait figure de catastrophe. Alors, l'affaire du cimetière, tout le monde en parle. Et chacun y va de sa petite hypothèse, vite transformée en certitude ! Au Café des sportifs, il n'est donc pas difficile d'orienter la conversation sur le sujet du jour. Le policier commande un Vittel-menthe et se mêle à la conversation. Gaston présente sa version des événements.

— Vous croyez ce qu'on raconte ? demande innocemment le policier.

— Évidemment ! s'enflamme Gaston.

Et, sur le ton de la confidence il ajoute :

— Qui voulez-vous que ce soit. C'est eux !

— Eux ? questionne le policier.

— Les désaxés ! Ben oui ! précise le patron en faisant profiter Gérard d'une haleine chargée de bière. Une secte de diablotins. On a vu des voitures passer qui ne sont pas d'ici. C'est sûr !

— Qu'est-ce qu'ils font dans les cimetières ?

— Des sortes de cérémonies religieuses.

— Dans quel but ? s'étonne le lieutenant.

— Vous savez, j'en sais pas plus. Mais y a une enquête

de police, on m'a dit à la mairie. Y vont bien leur tomber dessus.

Puis il hausse les épaules et conclut :

— Entre nous, y font pas de mal. C'est juste qu'y devraient toucher à rien. Vous ne croyez pas ?

— C'est sûr, c'est sûr ! approuve le lieutenant en laissant sur le zinc la monnaie pour régler sa consommation.

Il décide alors de retourner faire un tour dans le cimetière. Si les responsables sont bien ceux qu'on croit, un participant a pu perdre un objet digne d'intérêt pour l'enquête. Aucune piste ne doit être écartée.

En ce début d'après-midi, le lieu est presque désert. Seules, deux ou trois personnes s'attardent ici et là pour nettoyer une tombe et y déposer des fleurs. D'un coup le vent se lève et suffit à faire s'envoler les feuilles mortes qui jonchaient le sol. Un joli mouchoir de soie vient même se coller contre la jambe du policier. Il s'en empare et cherche à qui il peut appartenir. Il aperçoit alors une jeune femme au bout de l'allée. Un léger sourire aux lèvres, elle s'avance à sa rencontre.

— Excusez-moi, dit-elle tristement. C'est à moi. Le vent...

— Ce n'est rien, la rassure le policier qui semble sous le charme de son interlocutrice.

Il veut le lui restituer mais le carré s'envole encore et ils se baissent en même temps pour le rattraper. Un court instant leurs visages se frôlent. De nouveau ils s'excusent l'un et l'autre.

— Merci monsieur, conclut la jeune femme en retournant vers le caveau familial.

Le policier la regarde, attendri, puis il reprend ses esprits à la recherche d'un improbable indice. Sa quête est vaine. Non seulement plusieurs jours se sont écoulés depuis les événements mais le sol a été foulé par les paroissiens venus remettre les choses en état. Il consulte sa montre-bracelet. Sans doute est-il encore temps d'aller interroger l'employé municipal chargé d'entretenir le site.

Alors qu'il quitte le cimetière il croise de nouveau la jeune femme au regard triste. Ils échangent un vague sourire. Par galanterie, Gérard lui cède le passage et la voit monter à bord d'une coccinelle métallisée.

De retour à la mairie, le policier expose à l'agent d'accueil les motifs qui l'amènent. Fier de pouvoir se rendre utile sans en référer à sa hiérarchie, ce dernier lui indique immédiatement l'annexe qui abrite l'outillage des cantonniers.

Les employés municipaux sont effectivement là à papoter en attendant la fin de la journée.

On lui désigne le collègue en charge du cimetière, un simple d'esprit dont le peu de conversation ne peut malheureusement pas alimenter l'enquête du policier.

Sur la route du retour, le lieutenant passe en revue les informations recueillies dans la journée, en particulier les confidences de Gaston. Elles ne l'ont pas vraiment convaincu mais rejoignent néanmoins le point de vue de Verdeau. Il faut donc creuser de ce côté-là.

Chapitre 8
Commissariat central.

On frappe. La porte s'ouvre. Un agent passe le bout du nez et annonce :
— Commandant, j'ai ici des gens qui prétendent que leur fille a disparu. Ils veulent voir le commissaire.
— Tu me les amènes, maugrée Verdeau en reposant son smartphone sur le bureau.
Il se lève, enfile sa veste posée sur le dossier de sa chaise et accueille les nouveaux venus.
Proche de la cinquantaine, le couple est vêtu correctement mais sans recherche.
Le visage empreint de tristesse, la femme s'assoit timidement sur le bord de la chaise que lui indique le policier. L'homme, plus à son aise, s'installe à ses côtés et pose son chapeau sur le bureau.
— Que puis-je pour vous ? les encourage le commandant.
Les deux visiteurs se mettent à parler en même temps. Verdeau les interrompt :
— S'il vous plaît, l'un après l'autre.
— Excusez-nous ! bredouillent-ils d'une même voix.

— Marcel ? implore la dame en regardant son mari. Vas-y, raconte !
— Notre fille a disparu, dit le mari.

De l'autre côté du mur, Gérard confronte les informations qu'il a obtenues avec celles qui lui ont été fournies par le capitaine Rousseau. Ce dernier connaît bien son sujet. Les sectes et autres groupuscules, il les a étudiés à la loupe et ne les aime pas beaucoup. Gérard décide donc de privilégier cette piste même s'il sait que sa tâche ne sera pas facile. Ces gens agissent sous le couvert d'associations à caractère ésotérique ou spirituel. Pour recruter des membres, selon Rousseau, tout passe par le bouche-à-oreille. Néanmoins, avec le développement d'internet, ils sont certainement présents sur la toile. À lui donc de les débusquer !

Voyons, voyons, se dit le lieutenant en se grattant la tête, tentons notre chance sur Google avec quelques mots clefs. Exécution !

Mais les résultats obtenus sont légion. Comment trier le bon gain de l'ivraie, les vraies religions de celles qui profitent de la faiblesse humaine, les œuvres caritatives des escroqueries ? Certaines structures, présentes à l'échelon local et régional, voire même national ou international, poursuivent un objectif parfaitement louable, d'autres non.

L'une d'elles retient son attention. Il s'agit des Disciples d'Hadès dont il relève aussitôt l'adresse. Une autre, au nom évocateur des Témoins de Lucifer, organise une assemblée plénière pour le 15 septembre à minuit. Drôle d'heure pour convoquer ses membres, pense le policier qui prévoit de s'y rendre. Qui sait ! Il y croisera peut-être de joyeux drilles. Il vérifie le lieu. La rencontre aura lieu à Cheffes, à côté de Châteauneuf.

Il poursuit son tri lorsqu'il reçoit un appel.

— Bien commissaire. J'arrive ! dit-il en s'armant d'un bloc et d'un stylo.

Verdeau et Rousseau qui sont déjà sur place, discutent entre eux.

— Nous avons sur les bras une nouvelle affaire dont il va falloir s'occuper en priorité, annonce Machelles. Une jeune fille a disparu depuis plusieurs jours et assez d'éléments nous font craindre un enlèvement.

Chez Brice et Bertille.

Charlotte est exaspérée. Malgré plusieurs relances tant téléphoniques que postales, elle n'a toujours pas obtenu la communication du dossier médical de sa mère.

— Laisse tomber ! suggère Brice à sa sœur. Qu'est-ce-que tu cherches ?

Charlotte foudroie son frère du regard et observe ses mains tachées par le cambouis. Elle se lève et s'écrie :

— Certainement pas ! Évidemment, toi, en dehors de ta bagnole...

Elle observe l'horizon à travers les rideaux de la baie vitrée et lâche :

— Ils n'ont pas le droit. Je veux ce dossier. L'attitude de cette clinique ne me plaît pas du tout.

Bertille désapprouve l'insistance de sa belle-sœur mais préfère ne pas s'en mêler. Prétextant quelque obligation domestique elle se réfugie dans sa cuisine.

— Ma pauvre sœur, soupire Brice. Des accidents cardiaques comme le sien, il y en a tous les jours.

— Peut-être, admet Charlotte en se rasseyant. Mais alors pourquoi refusent-ils de me transmettre le dossier ?

— Ils ont d'autres choses plus urgentes à faire. Tu ne crois pas ?

— Ce n'est pas mon problème, tempête Charlotte. Si je n'obtiens pas satisfaction dans les jours qui viennent j'emploierai d'autres moyens. Maman n'a jamais souffert de la moindre insuffisance cardiaque. Je veux savoir ce qu'il s'est passé ! Un point, c'est tout !

— Tu vas remuer ciel et terre pour rien, plaide encore son frère en soupirant.

— On verra bien et puisque vous ne voulez pas me soutenir j'agirai seule. Sur ce, bonsoir.

Elle quitte brusquement l'appartement.

Chapitre 9
Cheffes.

En accord avec le commissaire Machelles, il a été convenu que le commandant Verdeau et le lieutenant Gérard assisteraient à la fameuse manifestation organisée par les Témoins de Lucifer puis boucleraient le rapport pour s'atteler à des affaires plus importantes.

Lorsqu'il s'est rendu en repérage, Gérard n'a pas été surpris de constater qu'il s'agissait du cimetière de Cheffes, petite agglomération proche de Châteauneuf. Il serait donc possible qu'ils soient sur la piste des tourmenteurs d'éternité.

Ce mardi soir, les deux collègues sont attablés dans le seul routier situé à proximité. Verdeau aime manger français. Même à la campagne, les vrais ou faux japonais, chinois ou autres spécialistes de cuisine exotique fleurissent à tous les coins de rues. Il regrette le temps où de petites auberges proposaient une bonne blanquette à l'ancienne ou un pot-au-feu moelleux.

Mais lorsque le patron se présente tous deux ont un sourire complice. Sans prendre le risque de beaucoup se tromper, ce dernier est certainement plus antillais qu'angevin. Ce qui transparaît d'ailleurs dans le menu du jour qu'ils n'ont même pas pris la peine de regarder avant d'entrer. Le panonceau « routiers », bien placé sur la façade, a déterminé leur choix. Le sauté de mouton sera donc pour plus tard mais ils n'en apprécient pas moins les achards et le curry de poisson. Ils déclinent, toutefois, le petit cocktail à base de sucre de canne et de rhum blanc que le patron voulait leur offrir. Ils se doivent de conserver en éveil tous leurs sens pour la mission nocturne qui les attend.

— On va boucler cette affaire vite fait, affirme le commandant en humant les effluves que dégage le plat qu'on leur apporte.

Il remplit les verres d'eau et déclare :

— Nous perdons un temps précieux avec cette histoire, tandis que la jeune Paule est peut-être le souffre-douleur d'un maniaque. Ah ! Ces gens qui ont le bras long ... On a beau dire mais on vit bien dans une société à deux vitesses : ceux à qui il suffit de demander pour obtenir satisfaction et les autres qui doivent mendier le respect de leurs droits.

— Concernant Paule Pichet, tu as une idée ? Tu penses à quoi ? Un désaxé sexuel ?

— Nous avons trop peu d'éléments pour l'instant pour déduire quoi que ce soit, répond Verdeau en piquant du bout de sa fourchette les achards servis dans un ramequin. Les parents sont effondrés, évidemment. Mais la demoiselle est, a priori, très secrète. Elle ne leur confiait rien. Dans le cas contraire ils auraient pu nous éclairer davantage. Bon, d'un autre côté il ne faut pas non plus dramatiser. Elle a pu s'évanouir dans la nature sans rien dire à personne. Peut-être pour vivre le grand amour. Dans ce cas, elle réapparaîtra dans deux ou trois jours.

— Si j'ai bien compris, elle n'habitait plus chez ses parents, se fait confirmer le lieutenant.

— Elle louait un petit studio dans le même quartier. Normal à son âge. Mais la perquisition n'a rien donné, à part les contacts d'amis que nous commençons à étudier.

— Elle était bien informaticienne ?

— C'est exact, répond Verdeau en repoussant sa mèche. Mais pourquoi tu en parles au passé ? Elle n'est pas morte, que je sache. Elle vient juste de terminer ses études et c'est de ce côté-là qu'il faut regarder. Je veux dire du côté professionnel.

Il consulte sa montre et s'exclame :

— C'n'est pas tout mais il faut y aller !

Dehors, la nuit s'est installée. Il fait très doux pour la saison. Le ciel est sans nuages et la pleine lune répand sa clarté sur la campagne.

Le cimetière est situé à la sortie de Cheffes. Aux alentours, il n'y a que des champs et deux ou trois masures isolées. En conséquence, un véhicule en stationnement est vite repéré. Les policiers se garent donc dans un endroit aussi discret que possible. Le commandant consulte sa montre une nouvelle fois.

— Vingt-deux heures. C'est bon ! On a le temps de se chercher un bon lieu d'observation.

Le problème est qu'ils ignorent dans quelle partie du cimetière aura lieu la rencontre et comment elle est censée se dérouler. Pas facile d'anticiper quand on s'invite à une manifestation à laquelle on n'est pas convié et, surtout, quand on ne connaît rien au cérémonial. Ils ressassent ces sujets d'inquiétude tout en se dirigeant vers la grille.

— Les bougres ont une sacrée chance d'avoir un temps

pareil pour leur petite fête nocturne, remarque Verdeau en ouvrant son blouson.

Gérard l'imite.

— Referme-moi ça ! ordonne le commandant en découvrant sa chemise blanche. On ne t'a pas appris à l'école de police qu'on met des vêtements couleur de muraille quand on planque de nuit ?

— Si, bien sûr, bredouille Gérard, qui remonte prestement sa fermeture éclair.

Le commandant tente d'ouvrir la grille en manipulant la poignée.

— Comme on pouvait s'y attendre, elle est fermée, constate-t-il. Eux disposent certainement d'un sésame pour entrer. Je vais donc me glisser dans le cimetière. Pendant ce temps tu regagnes la voiture et tu ouvres l'œil.

— Et comment tu vas …

Le commandant ne le laisse pas terminer.

— Tu es loin de connaître tous mes talents. La grimpe, je suis un vrai champion. Un bon reste du temps où, adolescent, je faisais les quatre cents coups.

Les deux policiers se séparent.

Construit il y a près d'un siècle avec des moellons bruts, le mur du cimetière présente des aspérités que Verdeau met à contribution. Très vite il se retrouve à son sommet mais sa réception, de l'autre côté, est plus délicate. Quelques centimètres plus à gauche et il s'embrochait sur la pointe pyramidale d'un monument funéraire. Rapidement remis de ses émotions, il jette un regard circulaire et se cache au milieu d'arbrisseaux touffus. Sa planque lui procure une bonne visibilité sur l'allée principale et la majeure partie du cimetière. Un quart d'heure s'écoule.

Enfin, la grille grince dans ses gonds. Plusieurs ombres s'avancent, prenant progressivement forme humaine. Le policier note qu'ils possèdent un double des clefs.

Tous sont habillés de noir, le visage partiellement masqué par des loups. Sans un mot, ils progressent, une chandelle à la main, tout en formant une sorte de procession. Un homme en queue-de-pie, gants blancs et canne à pommeau les précède. Une femme blonde vêtue d'une longue cape rouge à capuchon ferme la marche. Elle est chaussée d'escarpins écarlates et les graviers de l'allée rendent sa démarche hésitante.

Verdeau sort son téléphone et prend quelques photos. Même sombres elles apporteront un élément à l'enquête, se dit-il, constatant que l'endroit qu'il a choisi est envahi par les moustiques. Il les entend siffler près de ses oreilles.

L'envol d'oiseaux nocturnes, dérangés par les nouveaux venus, rompt le silence des lieux. Verdeau continue de photographier, satisfait que ces messieurs et ces dames, témoins de Lucifer, soient exacts au rendez-vous.

Sur un signe de la canne à pommeau, la procession s'arrête et les participants se regroupent autour d'une tombe. De son observatoire, Verdeau n'a pas le loisir de pouvoir l'identifier, mais il remarque qu'elle n'est pas surmontée d'une croix ou d'un autre symbole religieux. Les chandelles sont déposées tout autour de la pierre tombale et les participants entonnent alors une sorte de vocalise dont le policier ne perçoit que des bribes incompréhensibles. Soutenue par son voisin, la femme blonde se hisse au milieu du cercle formé par les chandelles. Avec des gestes gracieux, elle ôte ses escarpins qu'elle jette hors du cercle puis se redresse et enlève sa cape qu'elle confie à un bras qui se tend vers elle. Elle n'a plus qu'une robe blanche qui lui recouvre les chevilles, retenue à la taille par une cordelette rouge. Un fichu également blanc et brodé de fils d'or emprisonne sa longue chevelure qu'elle libère et qui se répand en cascade sur ses épaules partiellement dénudées. Enfin, avec une lenteur calculée, elle dénoue sa ceinture tressée.

Les participants cessent de psalmodier. La canne au pommeau lève les poings vers le ciel et prononce ce que Verdeau prend pour des incantations. La blonde se livre alors à une danse endiablée avant d'entrer en transes quelques instants plus tard. Son regard de somnambule semble fixer Verdeau. Il prend peur et s'apprête à déguerpir mais se ravise. Pure coïncidence, pense-t-il. Elle ne peut pas me voir. Elle fixe en effet l'horizon. Ses lèvres bougent sans qu'aucun son n'en sorte puis elle tire délicatement sur les fins lacets qui retiennent sa robe au niveau des épaules. Celle-ci tombe à ses pieds au moment où un bruit faisant penser à une claque résonne dans la nuit. Les témoins de Lucifer se retournent vers la cachette de Verdeau. La femme blonde remonte précipitamment sa robe devant elle.

— Cons de moustiques, jure silencieusement Verdeau qui vient d'en écraser un entre ses mains.

Il s'apprête à fuir quand une chouette s'envole dans un hululement lugubre. Les lucifériens sont rassurés et reprennent leur macabre cérémonie.

L'alerte a été chaude. Verdeau ne se voyait pas se sauvant à toutes jambes à travers les allées de ce lieu de repos. Et pour aller où ? Refaire le mur avec une bande de cinglés à ses trousses ? Il aurait pu, bien entendu, décliner sa qualité de policier, mais avec ces individus, qui sait comment ils peuvent réagir ? Il prend deux ou trois derniers clichés, repère sans difficultés le monument sur lequel il a failli s'empaler, escalade le mur et saute de l'autre côté. Cinq minutes plus tard, il surprend Gérard à demi somnolent.

— Oh, le bleu ! C'est comme ça que tu fais le guet ?

Le lieutenant revient à lui. Il s'apprête à répondre mais Verdeau lui ordonne de se taire, convaincu que les olibrius ont posté des complices à l'extérieur.

— Alors, que se passe-t-il là-dedans ? chuchote Gérard dont la curiosité est en éveil.

— Je suis parti par crainte d'être découvert, répond le commandant en s'installant dans la Mégane. Ce n'était pas par gaîté de cœur car le spectacle promettait d'être intéressant à plus d'un titre. Enfin... j'ai pris un certain nombre de photos. On va attendre qu'ils sortent et on avisera. Tu as vu quelque chose d'ici ?

— Oui, confirme Gérard en étouffant un bâillement. Ils sont arrivés en ordre dispersé. Certains en voiture. Elles sont garées un peu partout. D'autres à pied mais je suppose que leurs véhicules ne sont pas loin.

— Étaient-ils masqués ?

— Oui, affirme Gérard.

— C'est certainement pour ne pas être reconnus... Peut-être qu'ils ne se connaissent pas tous entre eux.

— Tu crois ?

— Va savoir. Il peut y avoir du beau monde qui ne souhaite pas se mêler à la valetaille et d'autres qui ne tiennent pas forcément à ce qu'on sache qu'ils participent à ce genre de manifestation ! Pour changer de sujet, aurais-tu eu la bonne idée d'apporter un thermos de café ?

— Bien sûr, répond Gérard.
— Bravo. On va finir par faire de toi un bon policier.
Le commandant résume ensuite les événements dont il a été témoin. S'ensuit une attente interminable jusqu'au grincement de la grille. Petit à petit, les visiteurs sortent en silence et toujours masqués. La femme blonde porte sa longue cape rouge mais ses cheveux sont toujours défaits.
— L'homme à la canne ! chuchote Verdeau. C'est lui, le chef ! Il faut le suivre.
Puis il constate :
— Ça nourrit bien son homme de faire le charlatan. Monsieur se paie une Mercedes ! Ah ! Voici la blonde. Elle aussi, il faudrait…
Gérard interrompt son supérieur pour protester :
— On n'a qu'une voiture. Alors, on suit qui ?
— La canne ! choisit Verdeau en maugréant.

Chapelle-le-Haut.
Au presbytère, malgré l'heure tardive, l'abbé Louis Porte n'arrive pas à trouver le sommeil. Il fait les cent pas dans sa chambre. Exténué, hagard, il sort et s'engouffre dans la petite église attenante. Il s'agenouille sur les premiers degrés des marches menant au maître autel. Les bras en croix, il prie.
Il fixe le tabernacle de son regard embué de larmes puis se lève.
Quand il ressort, il observe la lune resplendissante. Il hésite un instant, prend son vélo dans le réduit qui lui sert de cabanon et l'enfourche.
Il lui faut peu de temps pour franchir les deux ou trois kilomètres qui le séparent de Châteauneuf. Il appuie

sa bicyclette contre le mur et entre dans le cimetière dont la grille a été forcée, probablement par des vandales.

Il se dirige sans aucune hésitation vers un lieu précis, ne prêtant aucune attention aux ombres inquiétantes qui hantent ce lieu. Il ne s'agit bien sûr que des stèles des monuments funéraires, véritable armée silencieuse de monstres surdimensionnés sous l'effet de la clarté lunaire. Avec cette odeur de soufre et le parfum du buis qui imprègnent l'atmosphère, le prêtre est-il entré malgré lui dans une autre dimension ? Dans le monde de l'immortalité ou tout simplement dans celui du néant ?

L'obscurité l'empêchant de bien voir, il trébuche sur un obstacle et se penche.

Une ombre à demi allongée dans une chapelle funéraire bouge. Elle éructe bruyamment et ronchonne avec quelques difficultés :

— Ne... pouvez pas faire attention, non !

Louis Porte a un mouvement de surprise. Qui cela peut-il bien être à cette heure ? Il s'écarte de l'ombre. Celle-ci se redresse. Le prêtre tente de se voiler un tant soit peu le visage afin de ne pas être identifié. L'ombre s'approche.

— Ne... pouvez pas m'laisser roupiller ? Ah ! Mais j'vous connais ! J'vous ai déjà vu quelque part !

— Vous êtes saoul, mon ami ! déclare sentencieusement le prêtre dont le visage illustre le dégoût pour le dormeur. Que faites-vous ici ? Ce n'est pas un endroit ...

— Ici, au moins, j'croyais qu'on ne viendrait pas m'déranger. Ici, personne ne me demande rien.

— Ici, c'est un cimetière ! Pas un dortoir ! réplique le prêtre sur le même ton. Vous dormez toujours ici ?

— Non, grommelle le dormeur. Seul 'ment quand je n'ai pas l'sou et que j'en ai marre des gens.

Louis porte n'a qu'une idée en tête : se débarrasser de l'importun ! Il sort un billet de banque chiffonné de l'une de ses poches et le tend à l'inconnu.

— Prenez et partez ! Je ne veux plus vous voir ici !

L'inconnu est maintenant debout. Il a l'haleine chargée d'alcool et est obligé de s'appuyer à une stèle pour conserver une position aussi digne que possible.

— Merci Monseigneur ! hoquète-t-il.

Il titube vers la sortie puis revient sur ses pas, rote de plus belle et ricane comme un damné.

— Je ne sais si vous êtes une créature de Dieu ou du Diable. Ici, on n'sait pas trop. J'vous r'mercie quand même. Dieu vous l'rendra. Oui ! Dieu vous l'rendra sûrement, juge-t-il.

Il s'éloigne de nouveau en traînant les pieds et éclate d'un rire bruyant qui résonne de manière étrange. L'écho ricoche de tombe en tombe, se propageant dans tout le cimetière.

Le prêtre prend peur.

Chapitre 10
Cheffes.

La Mégane des policiers se glisse dans le flot des voitures qui démarrent. Au passage, elle frôle la fameuse femme blonde. Le lieutenant ne peut retenir un sifflement d'admiration pour sa beauté.

— Pas mal du tout la fille ! relève Gérard. Je me ferais bien luciférien pour la revoir !

— Tu parles ! La revoir avec les autres dingues ? Moi, je préfèrerais tenter ma chance dans l'intimité ! En attendant, regarde la route et note les immatriculations des voitures !

— Désolé, commandant, mais j'ai les deux mains déjà occupées par le volant.

— Que tu dis ! maugrée Verdeau en sortant un calepin et un crayon de la boîte à gants. Je suis persuadé que si la blonde était dans la bagnole à ma place, tu te débrouillerais bien pour en libérer au moins une. N'est-ce-pas?

— Nécessité oblige ! reconnaît Gérard, en continuant d'observer l'inconnue dans le rétroviseur.

Le commandant inscrit quelques immatriculations dont celle de la Mercedes qui les précède. La filature se déroule tranquillement. Ils traversent Cheffes sans rencontrer âme qui vive et se retrouvent bientôt seuls derrière le véhicule de l'homme à la canne, les autres voitures ayant pris progressivement d'autres directions. Ils approchent de Châteauneuf. Les phares balaient les premières maisons isolées quand la Mercedes fait une embardée et se déporte sur la gauche de la chaussée. Elle tente de se redresser et freine brusquement, percutant une camionnette qui débouche en sens inverse. Heureusement, le choc n'est pas très violent. La Mégane des deux policiers s'immobilise sur le bas-côté, à distance raisonnable. Doivent-ils intervenir ou pas ? S'ils le font il en sera fini de la filature. Mais la découverte d'un corps inanimé sur le macadam leur dicte leur conduite. Sans hésiter, ils s'approchent pour venir en aide à la victime sans toutefois décliner leur qualité.

Près du blessé toujours inconscient, l'homme à la canne et le chauffeur de la camionnette échangent leur point de vue sur ce qu'il vient de se passer. Après avoir observé le corps de près, le premier appelle police-secours depuis son téléphone portable.

Le commandant Verdeau se penche à son tour. La victime, âgée d'une cinquantaine d'années, a l'allure d'un presque clochard qui ne s'est pas lavé et qui a dormi dans ses vêtements depuis plusieurs jours. Le policier repose la tête du blessé sur une casquette à carreaux tombée sur le sol à la suite du choc. Il lui prend le pouls, lui soulève une paupière et se relève :

— Bon ! Il ne faut pas le bouger en attendant les secours. Je ne peux rien faire de plus mais son pouls va plutôt bien. Il va revenir à lui sans tarder. Que s'est-il passé ?

— Je ne l'ai pas vu ! se défend l'homme à la canne. Il est

sorti du fourré, là, en titubant. J'ai tenté de l'éviter, mais…, soupire-t-il.

— Ça ne m'étonne pas. Il pue le pinard à plein nez, il doit être saoul, intervient le chauffeur de la camionnette.

La gendarmerie nationale et un véhicule de premier secours arrivent sur les lieux de l'accident, à grand renfort de sirènes.

Un médecin ausculte le blessé et ordonne aux infirmiers de l'installer sur le brancard tandis que, de leur côté, les gendarmes rédigent le constat sur la base des déclarations des deux protagonistes.

On demande aux policiers leur témoignage. Ceux-ci prétendent n'avoir rien vu et repartent dans la nuit.

— J'espère que ce pauvre bougre va s'en sortir, s'inquiète le lieutenant.

— À première vue il a surtout des contusions, affirme Verdeau. Dans un ou deux jours il n'y paraîtra plus rien sinon des bleus.

— Ils l'emmènent où ?

— Au CHU d'Angers. C'est le plus proche.

— Et nous ? maugrée Gérard. Tout ça pour rien. Il va falloir recommencer à zéro !

— Mais non ! D'une part, j'ai noté des immatriculations dont celle de la Mercedes, et puis j'ai mémorisé les coordonnées de ce monsieur à la canne lorsqu'il les déclinait à nos confrères, les gendarmes !

— Dans ces conditions, l'immatriculation de la Mercedes est superflue.

— Non pas, lieutenant ! Rien ne dit que cette luxueuse voiture lui appartient ! Si tel n'est pas le cas, il faudra aussi chercher de ce côté-là !

— Évidemment, reconnaît Gérard. Je n'y pensais pas !
— Normal, appuie Verdeau. On n'apprend pas tout à l'école. L'expérience, c'est sur le terrain qu'on l'acquiert.
— Tiens ! L'ambulance est toujours derrière nous.

À l'intérieur de l'ambulance.

Le médecin et les deux infirmiers prodiguent des soins au blessé.

— Qu'est-ce qu'il tient ! s'exclame l'un d'eux.
— C'est vrai ! confirme le second. On se demande s'il est vraiment toujours dans les pommes ou si c'est l'alcool qui le fait ronfler comme ça.
— En attendant, cherchez s'il a une pièce d'identité sur lui afin de remplir les papiers d'admission, commande le médecin.
— Il s'appelle Brandon Charpentier, annonce l'infirmier en extirpant de la poche du malheureux une carte d'identité crasseuse.

Chapitre 11
Angers.

Malgré de nouvelles relances tant orales qu'écrites, Charlotte n'a toujours pas reçu copie du dossier médical de sa mère. De guerre lasse et en dépit des avis contraires de son frère et de sa belle-sœur, elle décide de persister dans sa quête de la vérité. Elle contacte donc un avocat que lui a recommandé son employeur et dont le cabinet est situé sur l'autre rive de la Maine, à deux pas de la forteresse.

Une jeune secrétaire l'accueille et l'introduit dans une salle d'attente cossue. Les fauteuils de style Louis XVI, le tableau décrivant une chasse à courre et les doubles rideaux retenus par des embrases argentées apportent au lieu un raffinement vieille France.

Un certain temps s'écoule. Une porte s'ouvre. Un homme, relativement jeune, s'avance vers Charlotte.

La jeune femme relate les circonstances troubles qui ont entouré le décès de sa mère, les difficultés rencontrées pour obtenir la copie de son dossier médical, l'obstruction de la clinique Marguerite et la persistance de ses doutes.

— Je ne sais plus quoi faire, soupire-t-elle. Le fait que cette clinique rechigne à me donner la moindre information, hormis celles inscrites sur le bulletin de décès, ne fait qu'alimenter ma suspicion.

L'avocat prend des notes sans l'interrompre. Quand elle marque une pause il se risque à une première réflexion :

— Vous savez, ces messieurs de la faculté n'aiment pas beaucoup qu'on remette en cause leurs compétences. Ils ne sont pas habitués à être chahutés. Alors, vos demandes réitérées...

— Peu importe, maître ! La loi leur fait bien obligation de me les transmettre ?

— Bien sûr, bien sûr ! confirme l'avocat. Il n'empêche qu'ils ne doivent pas recevoir beaucoup de demandes dans ce sens. Et puis, lorsqu'ils en reçoivent ils tardent à répondre. Le demandeur se lasse et voilà !

— Cela ne se passera pas ainsi avec moi ! précise Charlotte en s'agitant. Je vous l'assure ! J'irai jusqu'au bout ! C'est la raison pour laquelle je suis venue vous consulter.

— Je m'en doute.

— Que pouvons-nous faire ? demande-t-elle en tripotant nerveusement l'anse de son sac à main.

— Je vous propose de leur adresser une première missive en courrier simple. Parfois, une lettre émanant d'un cabinet d'avocats suffit à venir à bout de certaines réticences.

— Ensuite ? s'inquiète Charlotte.

— Nous procèderons par étapes. Si cette mise en demeure amiable reste vaine, nous la doublerons d'un envoi recommandé avec accusé de réception.

— Ensuite ?

— Si nous n'obtenons toujours pas satisfaction, il nous faudra alors diligenter une action judiciaire.

Se levant pour signifier que l'entretien est terminé, il rassure la jeune femme:

— Ne vous inquiétez pas. Nous y parviendrons sans en arriver là. J'en suis persuadé.

— Je compte sur vous, maître. Je veux connaître la vérité. Ne me laissez pas tomber !

— Il n'en est nullement question, mademoiselle ! Je n'ai pas l'habitude d'abandonner mes clients au milieu de la bataille.

Commissariat central.

— Du neuf au sujet de la disparition de Paule Pichet ?

D'un geste machinal de la tête Verdeau rejette sa mèche en arrière.

— Nous avançons à petits pas, avoue-t-il Nous épluchons toutes les informations dont nous disposons mais ça ne donne pas grand-chose pour l'instant.

— C'est ce qui m'inquiète, s'exclame le commissaire Machelles, en avalant une énième pastille de réglisse supposée lui enlever l'envie de fumer mais aggravant plutôt sa nervosité naturelle. Et la perquisition de son studio, qu'est-ce-que ça a donné ?

— Le seul élément intéressant est son ordinateur portable. On y a trouvé un carnet d'adresses. On fait le tour des personnes qui y sont mentionnées. Il y a aussi un agenda avec des rendez-vous. On vérifie.

— Et la mémoire de l'ordinateur ? Il faut la faire parler !

— Il est entre les mains de notre informaticien. On peut lui faire confiance pour fouiller tous les recoins de la corbeille même si elle a été vidée maintes fois.

— L'enquête n'avance pas assez vite ! Mettez le turbo !

— Je suis d'accord, s'emporte Verdeau. Cependant, pour l'instant, nous n'avons pas non plus d'indices inquiétants ! La fille est majeure : elle est peut-être tout simplement partie avec un amoureux !

— Peut-être que oui mais peut-être que non. En tous cas, votre hypothèse ne colle pas avec le profil que les parents ont brossé de leur fille !

— Des parents peuvent-ils se targuer de bien connaître leurs enfants, surtout aujourd'hui ? réplique le commandant.

— Peu importe, conclut le commissaire. Accélérez !

— De toute façon, patron, avec les autres affaires que nous avons à traiter, nous faisons le maximum !

— J'en suis convaincu !

Verdeau s'éloigne. Le commissaire le rappelle :

— Attendez, Verdeau, je n'ai pas fini !

Le commandant s'impatiente.

— J'ai une autre affaire pour votre équipe.

— Les nuits sont longues, ironise le commandant. C'est sûr qu'on pourrait les raccourcir ! De quoi s'agit-il ?

Machelles ne relève pas ce sarcasme et se contente de délivrer les informations sur ce nouveau dossier.

— C'est moins important que la disparition de la jeune Pichet mais jetez-y un œil. Confiez cela à Gérard. Un ivrogne accidenté sur qui le personnel de la clinique Marguerite aurait retrouvé, devinez quoi…

— Patron, j'ai passé le temps des devinettes, s'énerve Verdeau. Au hasard, des dollars ?

— Non, rectifie le commissaire. Des dents en or et des bagues.

— Et alors ? questionne le commandant.

— Vous ne trouvez pas cela bizarre ? Un type, genre

SDF, avec des trucs comme ça dans la poche ?
— Si, bien sûr ! reconnaît le commandant.
— Probablement le produit d'un ou plusieurs larcins. Un dentiste et une bijouterie de quartier ! Envoyez Gérard auditionner le type en question.

Verdeau consulte le document que lui remet Machelles :
— Brandon Charpentier, c'est son nom ?
— En tout cas c'est le nom que m'a donné l'interne.
— OK, patron. On y va ! confirme Verdeau.

Pendant ce temps, munis des informations recueillies la veille auprès des gendarmes, Gérard se présente au domicile d'un certain Théodore Bachelard.

Une maison individuelle dont la construction remonte à la moitié du siècle dernier. Avec sa toiture en ardoise, son architecture est banalement traditionnelle. Un jardinet entoure la bâtisse. Des plantes rustiques y côtoient une flore plus saisonnière. Une légère brise fait virevolter dans l'air les pétales des dernières roses tardives. Un portillon métallique finement travaillé en interdit l'entrée.

Le policier presse la sonnette électrique puis remarque une cloche pendue à un linteau, et ne résiste pas au plaisir d'en tirer le cordon. Le tintement métallique provoque l'envol d'étourneaux perchés dans un bouleau.

Un homme sort de la maison en enfilant un gilet et emprunte l'allée à la rencontre du visiteur. Gérard reconnaît immédiatement la canne au pommeau.

— Que voulez-vous, demande ce dernier.

C'est bon signe, se dit le policier, apparemment, il ne m'a pas reconnu.

— Lieutenant Gérard de la DPJ, précise le policier en

montrant sa carte professionnelle.

Théodore Bachelard déverrouille le portillon.

— Vous venez au sujet de l'accident ? Vous savez, sur place les gendarmes ont pris ma déposition. Je ne vois pas ce que je peux ajouter.

— C'est pour un autre sujet, rectifie le lieutenant en suivant Bachelard.

L'homme à la canne se retourne, interrogateur :

— Pour quoi alors ?

— Vous me faites entrer ?

— Soit ! consent Bachelard, en devançant le policier.

Un coup d'œil à l'agencement du salon suffit au lieutenant pour savoir que la maison est habitée par un célibataire entre deux âges.

— Quelle est donc cette affaire si mystérieuse dont vous voulez m'entretenir à huis clos? demande Bachelard sans proposer de siège à son visiteur.

— Je vais aller droit au but, annonce le lieutenant. Plusieurs cimetières de la région ont subi des dégradations au cours de ces derniers mois.

— Et en quoi cela me concerne ? s'étonne Bachelard placidement.

— Vous en êtes suspecté.

Gérard sent quelque chose qui le frôle. C'est un chat noir bien gras qui prend plaisir à se frotter lascivement contre les jambes de son pantalon. Aïe ! pense-t-il. Un chat noir ! Mauvais présage !

— Qu'est-ce-que c'est que cette histoire? se défend le maître de céans en souriant de l'effet produit par le passage de son félidé. Hormis à la Toussaint, je ne fréquente pas ce genre d'endroit.

— Inutile de nier ! conseille le policier. Nous savons sur vous beaucoup plus de choses que vous ne pouvez l'imaginer. Voulez-vous que je vous montre des photos prises lors de votre dernier spectacle son et lumière dans le cimetière de Cheffes ?

Bachelard se trouble.

— Bon, admet-t-il. D'accord ! Mais ce n'est pas ce que vous pensez.

Trois petits coups frappés légèrement contre la porte précèdent l'arrivée d'une charmante personne qui pénètre dans la pièce comme si elle était chez elle. Gérard reconnaît immédiatement la belle inconnue de Cheffes.

— Oh ! Pardon ! minaude-t-elle, confuse. Je ne savais pas que tu avais de la visite.

Elle recule aussitôt et disparaît. Le timbre de sa voix et son regard félin bouleversent le policier. Il en reste, un moment, tétanisé, se demandant s'il n'a pas été le témoin d'une diablerie. D'abord le chat, puis la femme ! La femme après le chat ! Les a-t-il vraiment vus ? S'il raconte cette aventure à la brigade, ses collègues vont le prendre pour un fou !

— Monsieur ? l'interpelle Bachelard, faisant mine d'ignorer l'apparition fugitive de la belle blonde, vous me semblez ailleurs. Vous sentez-vous bien ?

— Oui, oui ! s'empresse d'affirmer le lieutenant. Reprenons où nous en étions !

— Soit, convient Bachelard, conciliant. Puisque vous savez tout, je ne vais pas nier l'évidence. Cependant, ce n'est pas ce que vous croyez.

— Je ne crois rien, reprend Gérard. Je constate, c'est tout. Avec votre bande de Lucifériens – je ne sais comment les qualifier – vous vous introduisez dans les cimetières et vous y faîtes du grabuge.

— Absolument pas, lieutenant ! Nous sommes des gens paisibles.

— Se promener dans les cimetières la nuit, est-ce un comportement habituel ? Vous en avez de bonnes ! s'exclame Gérard, ironique.

Bachelard soupire :

— Nous sommes un petit club de personnes qui ne feraient pas de mal à une mouche.

— C'est cela ! Je vais vous croire sur parole.

— Les personnes qui viennent vers moi ne croient plus en grand-chose. Elles sont désespérées et ont besoin de réconfort, de croire à nouveau en elles, en un destin.

— Alors vous les attirez à vous. Vous êtes une sorte de gourou. Vous leur soutirez quoi ? De l'argent ? Puis vous les emmenez dans les cimetières où elles se lâchent et dégradent les sépultures. C'est ainsi que vous les aidez à retrouver la sérénité et la confiance ?

— Vous vous trompez complètement, lieutenant. Je les aide de mon mieux en pratiquant des séances de spiritisme. Je leur démontre que l'au-delà existe et que des forces terribles peuvent les soutenir dans leurs luttes terrestres.

— Vos forces terribles, c'est quoi ? Le diable ? Enfin pour vous, Lucifer, je suppose ! En réalité, vous n'êtes qu'un charlatan qui profite de la misère morale de certains en vue de les maintenir sous sa domination !

— Vous devriez lire ou relire les saintes écritures, lui suggère Bachelard sans se départir de son calme. Vous apprendriez ainsi que Lucifer est le plus beau des anges. Dieu l'a rejeté parce qu'il lui faisait de l'ombre mais il est très fort, vous savez !

Les deux protagonistes s'observent en silence.

— Assez parlé pour ne rien dire ! lance Gérard. Pourriez-vous me donner votre emploi du temps du…

— Vous perdez votre temps avec moi, l'interrompt Bachelard. Je ne dis pas qu'un caillou ne se soit pas déplacé accidentellement lors de nos séances spirituelles, cependant je puis vous affirmer que ceux que vous recherchez sont ailleurs. Ce sont des voyous qui font cela, ou bien… allez donc voir du côté des véritables sectes sataniques, à l'instar des Disciples de Hadès. Ceux-là ne sont pas aussi sages que nous. Je les crois capables de déterrer un mort.

Gérard ne fait aucune remarque mais note le nom dans sa tête.

— Il faut aussi que vous me donniez les coordonnées des membres de votre clique, ajoute-t-il.

— Impossible, lieutenant. L'anonymat est la règle chez nous. Comme chez les alcooliques. On y vient exposer ses problèmes et on décide de l'action à mener pour obtenir l'intervention de notre protecteur…

— Et la dame qui était là tout à l'heure ? rétorque le lieutenant, en désignant la porte. Vous allez me dire que vous ne savez pas qui elle est ?

— Elle, c'est différent ! agrée Bachelard. Elle est notre médium.

— Et le chat noir ? ironise Gérard.

— Pardon ? interroge Bachelard sans comprendre le trait d'humour.

— Rien, soupire Gérard. Je pensais à haute voix.

De son côté, Verdeau se rend à la clinique Marguerite pour en finir au plus vite avec cette affaire de bijoux trouvés sur un vagabond. Il demande à voir le secrétaire général qui a pris contact avec le commissaire.
— Vous avez rendez-vous ? questionne l'hôtesse en ébauchant un semblant de sourire.
— Non, répond Verdeau. La police n'a pas besoin de rendez-vous. Prévenez-le tout de suite. D'ailleurs, il m'attend !
Quelques minutes plus tard, un homme en blouse blanche, laissant voir un costume pied-de-poule de qualité, l'invite à entrer dans son bureau. Verdeau s'installe et demande :
— Alors, quelle est cette histoire de dents en or et de je ne sais quoi encore ?
Le secrétaire général s'éclaircit la voix et raconte :
— Cette nuit, le SAMU nous a amené un homme qui avait été renversé par une voiture. Il était ivre-mort. Cela ne m'étonne pas que le chauffeur n'ait pas pu l'éviter. Il devait tituber sur la route et dans le noir.
Prenant le policier à témoin :
— Entre nous, on se demande ce que faisait cet homme sur une route de campagne en pleine nuit.
— Oui mais passons, docteur, le coupe Verdeau un peu énervé. Moi aussi, j'ai été témoin de ce genre d'accident. Venons-en au fait !
— Oui, bien sûr ! Excusez-moi ! J'y viens. Comme je vous le disais, il était complètement ivre. Et dans un état ! Ses vêtements empestaient et les infirmiers du SAMU s'étaient bien gardés d'y toucher alors qu'en général ils vous découpent tout. Bref, quand on les a retirés... c'est là que ça s'est produit.

— Que s'est produit quoi ?

— De ses poches sont tombés des objets métalliques qui ont tinté en touchant le sol. L'infirmière de garde les a ramassés et s'est inquiétée en constatant ce que c'était : des dents en or, des bagues et des alliances ! Nous avons donc préféré vous alerter !

— Vous avez bien fait ! Il y en a beaucoup ? D'où ça vient ?

— Comme il est toujours en soins, nous ne les lui avons pas encore restitués. Je puis vous les montrer.

— Je veux bien.

Le pied-de-poule sort une clé de sa poche et déverrouille un tiroir d'où il extrait un sac de toile qu'il dépose devant le policier. Le commandant s'en saisit et le vide sur le bureau. Il examine, en particulier, les bagues et les alliances. Sans doute le fruit d'un petit casse chez un dentiste, pense-t-il. Mais les alliances, fort disparates les unes des autres et gravées d'initiales et de dates le laissent sceptique.

— On nous a dit qu'il s'appelait Brandon Charpentier, ajoute le policier. Vous confirmez ?

— C'est exact, fait le secrétaire général en contrôlant sa fiche.

— Je peux le voir ? demande Verdeau.

L'homme en blouse blanche ne formule aucune objection et accompagne le commandant deux étages plus bas.

— C'est la chambre 38, au fond du couloir, dit-il.

— Si cela ne vous dérange pas, je préfère y aller seul, explique le policier. Vous comprenez, il s'agit d'une enquête de police.

— Bien sûr ! Bien sûr ! admet le pied-de-poule, tout en poursuivant son chemin jusqu'à la chambre en question. Le commandant frappe mais aucun écho ne lui parvient.

— Il n'y a personne ici ! s'étonne le policier en entrant.

Il interpelle le pied-de-poule qui semble sincèrement surpris.

— Ils l'ont peut-être emmené passer un examen complémentaire.

— J'en doute, commente Verdeau. Regardez ! Le lit semble avoir été refait comme si son locataire avait quitté les lieux.

— Où est monsieur Charpentier ? demande le pied-de-poule à une infirmière qui passe par là.

— Envolé ! répond-t-elle en brassant l'air de ses bras.

— Comment ça, envolé ?

— Mais oui ! Il a voulu sortir dès ce matin. Nous avons bien tenté de le retenir mais il n'y a rien eu à faire. Il a signé tous les papiers.

— Ça alors ! s'étonne, médusé, le secrétaire général. Il n'était pas vraiment en état de repartir si vite, vu son accident et son taux d'alcoolémie.

— C'est aussi ce que pensait l'interne mais nous ne pouvons pas retenir les gens contre leur gré.

— Bien sûr ! Bien sûr ! en convient le pied-de-poule, agacé.

Verdeau intervient :

— Et il est parti sans vous réclamer son bien ? Il doit avoir quelque chose de pas clair sur la conscience ! Vraie ou fausse, il a bien dû vous laisser une adresse ?

— Celle d'un centre d'hébergement d'urgence, Emmaüs, se souvient l'infirmière.

— Pas terrible comme adresse ! Enfin, donnez-la-moi quand même, s'il vous plaît ! Je vais aller y jeter un œil ! On ne sait jamais !

— Et je fais quoi avec les bagues ?

— Que faîtes-vous habituellement lorsqu'un malade oublie un objet ici ?

— En principe, on lui écrit pour qu'il vienne le récupérer !

— C'est parfait. Ne changez rien. En revanche, s'il se manifeste, vous nous prévenez pour qu'on vienne le cueillir ! D'accord ?

— Vous y croyez vraiment ?

— On ne sait jamais, répète le policier. Il doit y tenir à ses bijoux.

Chapitre 12
Cabinet de maître Chartier.

— Ainsi, déclare l'avocat, ma lettre n'a pas produit les effets escomptés.
— Effectivement, confirme Charlotte, exaspérée. Rien n'y fait. Relances téléphoniques, relances postales, votre lettre... et voici la seule réponse qui m'a été faite.
La jeune femme tend un feuillet à son interlocuteur.
— Évidemment ! dit l'avocat en en prenant connaissance. Ils pensent ainsi mettre fin à votre requête.
— Oser dire que le dossier médical de ma mère a été égaré ! Vous vous rendez compte ? Jusque-là je n'émettais que des doutes mais je suis maintenant persuadée que les circonstances du décès sont plus que suspectes. Je ne vais certainement pas en rester là, maître. Il faut demander l'exhumation !
— Ne nous emballons pas, temporise l'avocat, en reposant la lettre devant lui. Ce n'est pas si facile. Il faut des éléments graves et vérifiables pour l'obtenir. Les autres membres de votre famille vous épaulent-ils dans cette démarche ? Je pense, en particulier, à votre frère, Brice.
— Si j'attendais un quelconque soutien de mon frère, je ne ferais jamais rien. Mais dîtes-moi plutôt ce que nous

pouvons tenter. Je suis ouverte à toute suggestion.

— Dans un deuxième temps, le courrier en recommandé que je vais leur adresser va probablement les amener à réfléchir. Et si rien ne se passe nous constituerons alors un solide dossier contenant tous les éléments que vous avez pu retrouver dans les affaires de votre maman. Et nous aviserons.

— Maître, vous savez que je compte sur vous, insiste Charlotte.

Banlieue d'Angers.

Le commandant Verdeau perd un temps précieux à chercher la cité d'urgence des chiffonniers d'Emmaüs. À deux ou trois reprises il doit demander son chemin. Enfin, un panneau à la peinture écaillée signale le centre. Il gare la voiture de service dans la cour qui jouxte un long bâtiment dont la construction doit dater de l'après-guerre.

Devant, des habitués aux vêtements dépareillés regardent le nouveau venu avec méfiance. Certains s'empressent d'aller se réfugier à l'intérieur de l'immeuble.

Le policier s'adresse à deux individus qui conversent sur un banc et qui ne l'ont pas vu s'approcher.

— Bonjour ! lance-t-il à la volée. Connaissez-vous Brandon Charpentier ?

Les deux compères lèvent la tête, se consultent du regard et répondent par la négative d'un simple signe de tête. Verdeau en interroge d'autres mais n'obtient qu'un écho embarrassé.

— Qu'est-ce-que vous avez ? s'énerve-t-il. Ce n'est pas l'diable que j'demande ?

Un homme vient alors à sa rencontre. Il est grand, mince et légèrement voûté.

— Bienvenue dans notre maison hospitalière, dit-il en reposant sur son nez aquilin ses lunettes qu'il vient de nettoyer. Je suis Jérôme Martinet, responsable de ce centre d'hébergement. Que puis-je pour vous ?

Verdeau décline son identité.

— Je viens voir un dénommé Brandon Charpentier qui cite votre centre comme son adresse officielle.

— Je sais qu'il y en a qui font cela, répond Martinet, parce qu'en dehors de nous, ils n'ont que la rue pour les accueillir. Cependant, ils ne restent pas ici en permanence. Loin s'en faut ! Ici, aujourd'hui, ailleurs, demain !

— Et Brandon Charpentier, est-il ici en ce moment ?

— Non. Il n'est pas là en ce moment.

— Il va revenir quand ? En deux mots : quand ai-je le plus de chance de le voir ?

— Dieu seul le sait ! soupire Martinet. Ici, ce n'est pas une résidence mais seulement un lieu d'hébergement pour les malheureux qui rencontrent des difficultés.

— Et alors ? s'emporte un peu le policier.

— Comme je vous le disais : ici aujourd'hui, ailleurs demain. Certains reviennent, d'autres pas. Gavroche – Ah! oui ! vous ne le savez peut-être pas mais c'est ainsi que ses compagnons d'infortune l'appellent – vient ici de temps à autre chercher un peu de réconfort. Il peut rester un ou deux jours puis ne plus paraître pendant une quinzaine.

— Je vois ! conclut Verdeau en replaçant sa mèche de cheveux d'un mouvement de tête. Je n'ai pas de mandat mais j'aimerais voir sa chambre.

— Ici, vous savez, ce n'est pas un foyer! Les gens passent la nuit en dortoir et repartent le lendemain avec leur baluchon sur l'épaule. Puis-je savoir ce que vous lui voulez?

— On veut seulement entendre son témoignage. Je vous laisse mes coordonnées, dit-il en lui remettant sa carte de visite. S'il revient, je vous remercie de bien vouloir me prévenir.

Il prend congé et regagne son véhicule. Au même moment son smartphone vibre. Il décroche :

— Allo ? Allo ?

Banlieue d'Angers.

Le lieutenant Gérard s'est rapproché de son collègue, le capitaine Rousseau, considéré, au sein du commissariat central, comme le spécialiste des clubs pseudo-religieux. Il tient cette réputation d'un travail qui lui avait été confié il y a plusieurs années. À l'époque, les parlementaires s'étaient émus de l'ascendance de certains gourous sur les milieux sociaux fragiles et une enquête nationale avait été diligentée. Dans le département, c'était Rousseau qui en avait hérité. Il avait réussi à dresser une sorte d'inventaire de tous les groupuscules de la Région, supposés agir pour le bien des pauvres mortels. Certains s'étaient avérés être inoffensifs, alors que d'autres méritaient une surveillance rapprochée. À l'issue de l'enquête, des interdictions ou dissolutions avaient été prononcées. Autant dire qu'en matière de charlatanisme, le capitaine Rousseau en connaît un rayon !

Le lieutenant a décidé de rencontrer un certain Melchior Baltazard dont Bachelard lui a dit le plus grand mal. Doit-il s'arrêter au jugement d'un concurrent ? Certes non, mais Rousseau l'engage à suivre cette piste.

La maison dudit Melchior est située dans un endroit des plus reculés. Tarabiscotée à souhait, elle est un mélange de Dakota Building en réduction et d'Amityville en meulière. Un jardin en friche où dominent les épineux entoure la construction et donne à l'ensemble un aspect particulièrement inquiétant.

Gérard presse le bouton de la sonnette. Rien ne se passe. Il renouvelle l'opération plusieurs fois. Enfin, au rez-de-chaussée, un rideau se lève et une ombre apparaît. La lourde porte, blindée d'un ornement forgé, s'ouvre. Un homme d'une soixantaine d'années apparaît dans l'encadrement et observe l'importun qui le dérange. La pâleur de ses traits est accentuée par ses vêtements entièrement noirs. Ses petits yeux d'oiseau de proie, enfoncés au fond des orbites, scrutent le visiteur. Son regard est intense. Il met ses mains en visière pour se protéger de l'éblouissement de la lumière du jour.

— Que voulez-vous ? demande-t-il sans bouger.

— Lieutenant Gérard de la DPJ. J'ai besoin de votre témoignage au sujet d'une enquête en cours.

— Attendez, s'il vous plaît.

L'homme en noir disparaît à l'intérieur d'où il déclenche l'ouverture du portail. Réapparaissant dans l'encadrement de la porte il invite le policier à le rejoindre. À pas précipités, ce dernier traverse le jardin et gravit les degrés du perron.

— Merci de me recevoir, monsieur Balthazar !

— Je ne suis pas monsieur Balthazar, répond l'homme en noir. Celui-ci vous attend à l'intérieur.

Une pénombre lugubre règne dans la maison. Gérard suit le visage pâle le long d'un corridor dont les murs sont décorés de masques africains plus hideux les uns que les autres.

Ils me font tous la gueule, pense le policier en examinant chacun d'eux, comme s'il les passait en revue.

Le visage pâle l'introduit dans un salon.

Une petite vieille courbée en deux en sort, appuyée sur un vieux bâton qui lui sert de canne. Au passage, elle toise le nouveau venu de ses yeux bleus délavés et déformés par de grosses lunettes rondes de myope, chevauchant un nez crochu. Du fichu aux couleurs indistinctes s'échappent des mèches filasses. Le portrait ne serait pas complet si on ne disait mot d'un menton proéminent à la Dalton.

Décidément, se dit Gérard, ces visites me réservent toujours des surprises. Soit j'hallucine encore, soit la fée Carabosse vient de passer devant moi.

Mais une voix de ténor le ramène à la réalité.

— Bonjour monsieur.

Gérard se retourne. Il est face à un homme grand, la quarantaine. Son apparence le surprend : costume noir, yeux bleus, chevelure brune lui tombant sur les épaules et barbichette taillée en pointe à la mousquetaire.

Après la fée Carabosse, me voici maintenant devant Jésus-Christ, pense le policier. Décidément, je dois rêver !

— Je suis Melchior Baltazar, pour vous servir, annonce le nouvel arrivant.

Son regard pénétrant traverse le policier de part en part, l'obligeant à détourner la tête. Que se passe-t-il ? Cherche-t-il à m'hypnotiser ? s'inquiète Gérard qui se sent de plus en plus mal à l'aise. Il sait qu'il doit réagir immédiatement pour ne pas se retrouver dans la situation de ses disciples. Volontairement il se présente donc en haussant le ton. Une façon de chasser la torpeur qui l'envahit peu à peu. Il jette un coup d'œil à la pièce et déclare :

— Je souhaite vous poser quelques questions dans le

cadre d'une enquête en cours.

La fée Carabosse repasse sans se soucier le moins du monde de leur présence et de la gêne occasionnée.

— Veuillez excuser ma mère, un tantinet bourrue, un peu sourde et tout ce qui va avec à son âge.

Je suis donc en présence du fils de la fée Carabosse, marmonne Gérard en son for intérieur.

— Que dîtes-vous ?

— Rien du tout. Je pensais à haute voix. Revenons à nos moutons. Je me suis laissé dire que vous exigiez qu'on vous appelle maître ! En quelle qualité ?

— Vous seriez-vous déplacé pour une question de lexique, lieutenant ? Mon temps est précieux et le vôtre l'est aussi. Venez-en au fait, s'il vous plaît ! Que désirez-vous savoir ?

Il propose un siège à son visiteur qui le refuse.

— Tant pis pour vous.

Baltazar s'installe confortablement dans un fauteuil et lisse délicatement son pantalon pour ne pas le froisser.

— Je vous écoute ! continue-t-il, sans cesser de fixer le policier.

— Vous êtes le gourou d'une secte, les Disciples de Hadès ! déclare Gérard en tentant de résister au regard de son interlocuteur.

— Je ne le nie pas, reconnaît Melchior Balthazar. Cependant, le terme gourou me paraît trop fort. Je suis seulement leur guide spirituel. Est-ce illégal ?

— Non. Et pourquoi avoir adopté un pseudonyme au lieu d'agir sous votre propre identité ? Évidemment, je conçois qu'André Dupont fasse moins mystique que Melchior Balthazar.

— Est-ce aussi illégal ? Au cas où vous ne le sauriez pas,

je vous précise que ce pseudonyme est officiel. Il apparaît sur mes papiers d'identité. Je vous le répète, est-ce illégal ?

— Bien sûr que non ! convient le policier. Encore que, si on grattait un peu… En revanche, vous organisez des sorties nocturnes dans les cimetières et là, il y a à redire !

— Qui vous a dit cela ? Ne serait-ce pas cet imbécile de Bachelard ?

Le policier ignore la remarque de son interlocuteur et poursuit son raisonnement.

— La question n'est pas là. Vous avez déjà fait l'objet, dans le passé, d'une enquête de police dont les conclusions sont claires sur ce sujet.

— Et alors ? Est-ce aussi illégal ? rétorque calmement Balthazar en croisant et décroisant les jambes.

— Vous n'avez que cette expression à la bouche, s'emporte Gérard. Ce qui est illégal, ce sont les profanations et autres actes de vandalisme dont vous et vos adeptes sont les auteurs !

— Profanations, actes de vandalisme, s'offense Balthazar. Qu'est-ce-que ce charabia ?

— Ne niez pas, persiste le policier. Vous êtes accusé, vous et votre clique, d'avoir profané divers cimetières de la région au cours des dernières semaines et, en particulier, celui de Châteauneuf-sur-Sarthe.

— Certainement pas, monsieur. Vous faîtes erreur. Puisque vous semblez bien informé, vous devriez savoir que nos réunions nocturnes n'ont d'autre but que de rechercher le soutien des esprits pour venir en aide aux plus faibles d'entre nous. Le soutien, pas le courroux ! Nous n'allons donc pas détériorer leurs demeures ! Ce serait plutôt le contraire !

— Arrêtez votre prêche, l'interrompt Gérard. Vous n'êtes pas en train de haranguer un éventuel partisan. Vos petites fiestas nocturnes sont loin d'être aussi angéliques que vous l'affirmez. Vous avez déjà frôlé la dissolution judiciaire. Cette fois-ci il va falloir m'apporter des preuves que vous n'y êtes pour rien.

— Monsieur, vous vous introduisez chez moi. Parce que je suis bien élevé, j'accepte de vous recevoir mais vous ne cessez de m'agresser. Puisqu'il en est ainsi, notre entretien est terminé. Pour en savoir plus, il vous faudra revenir ou me convoquer avec une réquisition en règle. Jehan ! reconduis monsieur. Il n'a plus rien à faire ici.

— Bien. Si vous le prenez sur ce ton, vous serez convoqué au commissariat dans les règles. Je voulais vous éviter cette démarche mais puisque c'est votre choix....

Le policier regagne son véhicule et appelle Verdeau sur son mobile.

— Commandant, je sors de chez Balthazar. Un drôle de type ! Il n'est pas clair. Lui et sa clique seraient responsables de l'affaire de Châteauneuf que ça ne m'étonnerait pas !

Commissariat central.
Le commissaire divisionnaire Machelles interpelle le commandant Verdeau :

— Où en êtes-vous avec la disparition de Paule Pichet ? Quoi de neuf ? Avez-vous retrouvé sa trace ?

— Non, patron. On poursuit les auditions mais pour l'instant rien de significatif. Cependant, une fugue...

— Je sais, Verdeau ! Je connais votre hypothèse. Je n'y crois pas beaucoup. Elle ne correspond pas du tout au portait que ses parents...

— Patron ! l'interrompt Verdeau. Les parents sont les derniers à connaître leur progéniture !

— D'accord ! s'emporte Machelles. Vous m'avez déjà servi ce refrain. N'empêche qu'on ne voit pas très bien pourquoi elle aurait fugué. Ce sont des trucs de mineurs en lutte avec leur milieu ! Pas de femmes adultes et apparemment équilibrées !

— Vous l'avez dit, patron : apparemment équilibrée ! Apparemment équilibrée !

— Peu importe. Je vous ordonne de mettre le paquet sur cette disparition. Prenez tous les hommes qu'il vous faut. Revoyez tous ceux que vous avez interrogés. Fouillez et résolvez-moi ça rapidement. J'ai un mauvais pressentiment.

— Prendre tous les hommes que je veux ! Vous en avez de bonnes, patron. Tout le monde est archi-débordé. À part Gérard...

— Prenez-le avec vous, ordonne nerveusement Machelles, en brassant l'air de ses bras.

— Et le dossier du cimetière de Châteauneuf ? demande le lieutenant qui, jusque-là, s'était contenté d'écouter.

— Vous m'avez dit, il y a un instant, que vous teniez le ou les coupables ! Alors bouclez l'affaire en vitesse et passez à autre chose. C'est compris ?

— En théorie, oui ! confirme le lieutenant. Cependant, il faut auditionner les gens et vérifier leurs emplois du temps.

— Eh bien, Gérard , c'est le moment de montrer que vous n'êtes pas entré dans la police pour pantoufler.

— Et moi ? surenchérit Verdeau, l'affaire du mec qui se balade avec des dents en or et de la quincaillerie sur lui, j'en fais quoi ?

— Je vous fais confiance, Verdeau, pour mener ces deux affaires de front. Allez ! Tous au boulot !

Chapitre 13
Chez Blaireau.

Après son départ précipité de la clinique Marguerite, Gavroche a trouvé refuge chez son ami Blaireau.
Attablé dans la cuisine, ils sirotent un énième verre de vin de pays.
À en juger par le désordre qui règne dans la pièce, le ménage n'est pas le souci prioritaire des deux amis.
Gavroche repose son verre vide sur la table, s'essuie les lèvres d'un revers de manche et s'exclame :
— Il est bien bon, ton petit rosé !
— Tu parles ! C'est du Cabernet ! s'exclame fièrement son interlocuteur en rotant bruyamment. La prochaine fois qu'tu viendras j'te ferai goûter du Coteau-du-Layon. Mais il faudra partager les frais. Tu comprends ? J'peux pas t'rincer la gueule tout le temps gratis !
— Ouais ! Ouais ! grommèle Gavroche les paupières mi-closes et la tête renversée pour faire glisser dans son gosier les dernières gouttes de vin.
— Dis donc, reprend Blaireau en remplissant à nouveau les verres, tu n'm'avais pas dit qu't'avais des trucs à porter chez « Ma tante » ?

— Si, confirme Gavroche, mais j'les ai plus.
— T'as tout dépensé sans penser à moi ? s'étonne Blaireau, en écarquillant les yeux d'incrédulité.
— Non ! On m'les a volés.
— On t'les a volés ? Comment ça ?
— Ils m'les ont pris à l'hôpital, avoue Gavroche.
— À l'hôpital ? répète Blaireau. C'est pas vrai ! C'est pas possible !
— Si. J'les avais en arrivant. J'les avais plus en partant. Tu vois ? argumente Gavroche en ingurgitant une nouvelle rasade de rosé avec force bruit de bouche et de gorge.
— Bah ! C'est pas eux. T'as dû les perdre. T'étais encore saoul, alors…
— Non. Tu parles ! J'faisais gaffe à pas les perdre. C'est eux, c'est sûr ! persiste Gavroche.
— Alors, déclare Blaireau en rotant une nouvelle fois, il faut aller les rechercher.
— J'aime pas ça, maugrée Gavroche en faisant la moue. Tu sais qui m'les a donnés ?
— Ben oui, confirme Blaireau. Et alors ? C'est à toi maintenant ! Faut y aller !

À l'évêché.
Un jeune diacre va à la rencontre du prêtre qui vient de franchir la porte du siège épiscopal, plongé dans l'ombre protectrice de la majestueuse cathédrale Saint Maurice.
— Que puis-je pour vous ? propose-t-il, affable.
— Pouvez-vous, s'il vous plaît, m'annoncer à monseigneur Larose avec lequel j'ai rendez-vous ? répond humblement le visiteur.
— Suivez-moi !

Le diacre introduit le visiteur dans un salon dont le luxe contraste violemment avec la rusticité de son presbytère. Il s'installe timidement dans un des fauteuils et sort son bréviaire pour en commencer la lecture. Mais une porte latérale s'ouvre et le diacre le prie de bien vouloir le suivre à nouveau.

Le prêtre se retrouve dans le cabinet de travail de monseigneur Larose. La décoration est de même inspiration que celle de l'antichambre.

Le dignitaire de l'Église est vêtu d'une soutane cramoisie partiellement recouverte d'un capelet noir doublé de vert. Il se porte au-devant du prêtre. Celui-ci met un genou à terre pour baiser l'anneau que son supérieur lui présente. Passé ce cérémonial il lui enjoint de se relever et de prendre place.

Il s'assied lui-même dans un fauteuil qui, compte tenu de son embonpoint, conservera les contours de sa personne.

— Alors, quelles nouvelles m'apportez-vous de Chapelle-le-Haut et de Châteauneuf ? demande-t-il le sourire aux lèvres. Bonnes, j'espère ! Vous avez souhaité me voir ?

— La campagne, qui nous impose une osmose avec la nature, est propice à la méditation. Les nouvelles des paroisses dont vous m'avez confié les fidèles sont bonnes.

— Bien ! le félicite monseigneur Larose, soulagé. Si votre ministère se déroule dans les meilleures conditions sous le regard bienveillant et protecteur de Notre Seigneur, que puis-je de plus pour vous ?

— Monseigneur, force est de constater que Satan est partout sur la Terre. N'oubliez pas qu'il a tenté le Christ au milieu du désert. Alors moi, un pauvre mortel... comment pourrais-je lutter ? C'est la raison pour laquelle je ne me sens plus la force physique et morale de continuer à exercer ces responsabilités. Dans ce monde, les passions du corps l'emportent trop sur celles de l'esprit.

— Expliquez-vous, mon fils. Ne commettez-vous pas le péché d'orgueil en vous comparant ainsi au Christ ? Est-ce à dire que…, sourcille monseigneur Larose en se signant.

— Hélas, Monseigneur, confesse le prêtre en baissant la tête, honteux. J'ai sollicité cet entretien pour vous en faire l'aveu en confession.

— Je ne sais si je dois ! s'indigne l'évêque en s'empourprant.

Il se lève brutalement, repousse son fauteuil qui manque se renverser et se met à marcher de long en large à pas précipités.

— Mon Dieu ! Mon Dieu ! s'écrie-t-il. Que faire ? Que faire ? répète-t-il en levant les bras au ciel.

— Monseigneur ! supplie le prêtre. Ne me condamnez pas. Ne me refusez pas votre bénédiction.

Il se jette à ses pieds. Monseigneur Larose, rouge de colère, s'emporte :

— Il me semble pourtant que je vous avais éloigné des lieux de tentation. Je vous ai fait nommer justement là-bas, dans ce presque désert. Comme vous venez de me le rappeler, apparemment, cela ne suffit pas !

— Monseigneur ! J'ai d'abord le plus urgent besoin de votre bénédiction ! Ne me la refusez pas ! Je vous en supplie !

— À quoi bon ma bénédiction s'il n'y a pas de contrition ?

— Monseigneur, si vous me venez en aide je m'amenderai.

— C'est bon, déclare monseigneur Larose. Relevez-vous ! Nous ne sommes pas ici à la comédie française !

Il se signe et contemple le christ en croix au-dessus de son bureau. Il demeure silencieux puis s'assied. Toute colère a disparu de son visage.

— Venez ici, mon fils. Je vous écoute.

Le prêtre s'agenouille.

Commissariat central.

Paule Pichet ne donne toujours aucun signe de vie. L'inquiétude grandit. Le commissaire Machelles met la pression sur son équipe. On refait le tour de ses relations. On a revu ses parents. Ceux-ci ne varient pas d'un iota dans le portrait de leur fille. Pour eux, il est impossible qu'elle ait fait une fugue ou simplement disparu volontairement.

Pourquoi aurait-elle agi ainsi ? Elle n'en avait aucune raison. En effet, elle était majeure et, depuis peu, avait quitté la demeure familiale pour habiter dans un studio en centre-ville. La Chrysalide s'était muée en un joli papillon. Elle désirait voler de ses propres ailes. Rien d'anormal à cela. Bien sûr, elle voyait un peu moins ses parents !

De milieu modeste elle n'avait pas pu prolonger ses études au-delà du bac mais travaillait. Son assiduité à des cours du soir lui avait permis de décrocher un diplôme valorisant en informatique. Armée de ce précieux sésame, elle avait été embauchée par cette PME, bien cotée dans la région.

Ayant entendu tous ses collègues ainsi que les dirigeants de l'entreprise, la police est maintenant convaincue que Paule est une personne unanimement appréciée par les uns et les autres. Quant à un éventuel changement d'attitude ou de comportement ces dernières semaines, personne n'a rien remarqué.

Cependant, comme l'affirment ses patrons, la vie au sein de l'entreprise est une chose, la vie privée en est une autre et on ne sait pas toujours ce qui se trame à l'extérieur.

Enfin, à force de recouper leurs informations, les policiers finissent par retrouver la trace d'une certaine Laurence Mahieux, une ancienne copine de lycée qui fait de temps à autre des apparitions dans le cercle intime de Paule. Elle pourrait être ou aurait pu être une sorte de confidente. Ils la localisent facilement et décident de lui rendre visite.

Au domicile de Laurence Mahieux.
Locataire d'un deux pièces dans une cité populaire de la banlieue d'Angers, Laurence Mahieux n'a pas été informée de cette visite.

Verdeau et Gérard échangent un regard qui en dit long en découvrant le vandalisme des parties communes. L'ascenseur dont la porte est incrustée de dessins obscènes est hors d'usage, les murs du hall sont recouverts de graffitis tout aussi éloquents, l'escalier est encombré d'ordures.

Leurs pas résonnent sur le carrelage du long corridor qui dessert la dizaine d'appartements du deuxième étage. Des panonceaux de forme, couleur et calligraphie différentes identifient les occupants. Le nom de Laurence Mahieux est écrit simplement sur une carte de visite épinglée au-dessus de l'œilleton.

— C'est ici, précise le commandant en pressant la sonnette.

La porte s'entrebâille, retenue par une chaîne de sécurité. Un visage féminin au petit nez retroussé et au regard malicieux apparaît.

— Que voulez-vous, demande-t-elle ?

— Nous sommes de la police nationale. Nous souhaitons vous parler de Paule Pichet. Vous la connaissez, n'est-pas ?

— Vous pouvez me montrer vos cartes, s'il vous plaît ?

— Bien sûr, répondent les deux policiers en exhibant leurs cartes professionnelles.

— Excusez-moi, plaide le petit nez retroussé mais le quartier... et par les temps qui...

— Ne vous excusez pas, mademoiselle, la rassure Verdeau, la prudence est mère de sûreté.

La porte s'ouvre enfin et Laurence Mahieux laisse passer les deux visiteurs qui restent debout dans l'entrée.

— Vous avez du nouveau ? Vous l'avez retrouvée ? interroge-t-elle.

— Hélas, non, avoue le commandant, tristement. Sinon, nous ne serions pas ici.

— Évidemment ! confirme Laurence Mahieux, songeuse. Dans ce cas, que se passe-t-il ?

— Il semblerait que vous connaissez relativement bien la disparue. Or, n'est-il pas étrange que vous n'ayez pas éprouvé le besoin de venir apporter votre témoignage à la police ?

— Pour vous dire quoi ? plaide la jeune femme. Elle ne m'a pas confié de secrets et, de plus, nous nous voyons bien moins depuis un certain temps.

— Laissez-nous apprécier nous-mêmes l'importance des renseignements que vous êtes susceptible de détenir. Pouvons-nous...

— Bien sûr. Excusez-moi encore. Je vous en prie.

Laurence Mahieux s'efface pour accueillir les deux policiers dans sa salle de séjour. Au passage, ils jettent un coup d'œil furtif à la cuisine et à la chambre dont les portes sont ouvertes. Indiscutablement, l'ordre y règne. C'est peu de choses mais l'état d'esprit d'une personne forme souvent un tout. L'ensemble donne donc plutôt confiance aux visiteurs.

Le salon est modestement meublé. Des revues people sont éparpillées sur un canapé Ikea. Le centre de la pièce est occupé par une table ronde entourée de chaises cannées. Au fond, un buffet bas en bois blanc surmonté d'un miroir biseauté. Sur les murs, des œuvres abstraites aux couleurs vives.

— C'est de moi, se rengorge Laurence Mahieux, suivant le regard du lieutenant. À mes moments perdus…

Verdeau s'assied sans y être invité, aussitôt imité par son coéquipier. Il déclare :

— Venons-en au motif de notre visite. Nous allons vous demander de faire appel à votre mémoire.

Laurence Mahieux regroupe les revues étalées sur le canapé et s'y installe.

— Je suis à votre disposition mais je ne sais vraiment pas ce que je pourrais vous apprendre.

— On ne sait jamais. Un détail futile pour vous peut se révéler important pour nous. Il faut que vous compreniez que votre amie est probablement en danger !

— Le pire est effectivement à craindre, appuie Gérard.

— À craindre seulement, rectifie Verdeau. Grâce à vous, tout est encore possible !

Après une moue dubitative, Laurence Mahieux se prête de bon cœur à cet interrogatoire. On s'attarde surtout sur les événements qui ont pu marquer les derniers mois. Les policiers apprennent ainsi que Paule avait un soupirant un peu collant qui déplaisait à la jeune femme. Elle l'avait éconduit mais cela n'avait, semble-t-il, pas refroidi ses ardeurs. De là à imaginer que...

— Vous le connaissez ? Vous avez assisté à des scènes ?

— Oui ! Une ou deux fois ! Mais cela est de l'histoire ancienne ! C'est terminé depuis plusieurs mois. À l'époque, j'allais parfois la retrouver à la sortie de son travail.

— Pourquoi dîtes-vous à l'époque ? Vous ne le faîtes plus ?

— Non, confirme Laurence. On se voyait moins. Elle était plus secrète. Elle se confiait peu.

— Probablement, un amoureux dans le paysage, insinue Verdeau. Et probablement un amoureux payé en retour ! Intéressant, ça !

— C'est possible, admet Laurence.

— À moins qu'il n'y ait qu'une seule et même personne, suggère Gérard. Elle s'est peut-être rabibochée avec le gugusse qui l'énervait et a fini par céder à ses avances. Qui sait ? Et elle n'a pas voulu vous en parler. D'où son éloignement.

— Peut-être, reconnaît Laurence Mahieux.

— Ce gugusse, vous le connaissez ?

— Un type banal. Il travaille dans la même boîte.

— Apparemment, vous ne l'aimez pas beaucoup ! commente Verdeau en repoussant sa mèche d'un coup de tête. Je me trompe ?

— Le genre de type qui pense faire tomber les filles en pamoison dès qu'il se montre ! commente Laurence. Très peu pour moi !

— Paule savait ce que vous pensiez de son soupirant ?

— C'est possible que dans nos conversations...

— Vous connaissez son identité ?

— Non, mais je suis capable de le reconnaître si je le rencontre.

— Très bien, mademoiselle. Nous allons certainement faire encore appel à vous pour l'identifier.

Les deux policiers prennent congé. Sur le chemin du retour, ils commentent l'entretien :

— On tient là une piste sérieuse ! déclare Verdeau.

— Oui mais il ne faut pas oublier qu'il y a peut-être également une autre personne qui a fait du gringue à Paule, argumente Gérard.

— Et il ne faut pas non plus comme on dit donner le bon Dieu sans confession à la fille Mahieux. Je n'aime pas les gens qui évitent la police. Il est curieux qu'on ait été obligés de la rechercher pour lui parler. Et puis, on ne sait jamais, il y avait peut-être un problème de jalousie entre les deux gonzesses.

Chapitre 14
Au téléphone.

— Oui ! J'écoute !
— Bonjour, Mons...
— Pas de nom, s'il vous plaît !. Appelez-moi, maître... Comme tout le monde !
— Excusez-moi. Cela m'a échappé !
— Que vous arrive-t-il ? Vous paraissez bouleversé. Un problème ?
— Bachelard a eu la visite des flics.
— Et alors ? En quoi sommes-nous concernés ?
— Ils ne vont pas tarder à s'intéresser à nous, bégaie la voix au téléphone.
— Je ne vois pas pourquoi.
— Nous sommes peut-être allés trop loin. Ces histoires dans les cimetières... Je crains que...
— Nous ne sommes pas des criminels ! Reprenez-vous, que diable ! Tiens ! Cela me vient maintenant tout naturellement !
— Cela ne me fait pas rire. Nous ne sommes pas des criminels mais ce que nous faisons parfois n'est pas non plus très orthodoxe. Convenez-en !

— D'autres sont-ils dans le même état d'esprit que vous ?
— Je ne sais pas trop mais je pense que nous devrions surseoir.
— Vous avez peut-être raison !
— Merci de comprendre, maître. Les cimetières vont être sous surveillance pendant un certain temps. C'est sûr ! Annuler notre prochaine rencontre serait assurément plus sage. Certains d'entre nous... vous voyez en particulier de qui je veux parler... ne souhaitent certainement pas faire la une des journaux.
— Hum, hum !
— Nous n'avons pas besoin de publicité ! Elle serait dommageable pour notre communauté. Je ne vous en dis pas plus.
— N'en dites pas plus. C'est effectivement inutile ! Comme d'habitude, vous êtes la voix de la sagesse ! Faites le nécessaire pour informer nos partenaires. C'est moi qui vous contacterai dès que la tempête se sera apaisée.
— Bien, maître. Je m'en occupe immédiatement.

Châteauneuf-sur-Sarthe.

Le curé de la paroisse lit son bréviaire et médite en parcourant les allées du cimetière. Comme s'il en était le gardien. Il s'y recueille régulièrement.

Des quidams qui vont et viennent à la recherche d'une tombe à nettoyer ou à fleurir le saluent au passage.

À la fontaine, un vieil homme remplit un arrosoir. Le poids des ans pèse sur ses épaules et les efforts physiques déployés creusent son front de rides qui sont autant de rigoles de sueur. En apercevant le prêtre, il se redresse péniblement en se tenant les côtes.

— Bonjour monsieur le curé. Comment allez-vous par ce beau temps ?

— Assez bien, assez bien, le rassure le prêtre en esquissant un pâle sourire. Cependant, vous-même avez l'air de souffrir de douleurs dorsales ?

— Bah ! C'est rien, grimace le vieillard. Les douleurs de l'âge. On n'y peut pas grand-chose.

— Laissez-moi vous aider, propose le curé en saisissant l'anse de l'arrosoir.

— C'est pas de refus, remercie le vieillard qui, malgré ses efforts, demeure courbé.

Ils marchent ensemble jusqu'à la tombe de la défunte.

— Merci, monsieur le curé. Je me permets d'insister : vous êtes sûr que ça va ?

— Bien sûr, bien sûr ! répète le prêtre en forçant son sourire.

— Pourtant, comme je le disais encore à un voisin en sortant de l'église dimanche dernier, votre visage ne reflète pas la joie. Vous êtes d'une tristesse ! Comme si vous supportiez tous les péchés du monde !

— Vous savez, mon fils, chacun porte sa croix en ce bas monde. La mienne est un peu plus lourde. En effet, je ne peux ignorer les soucis de mes paroissiens. C'est normal, ne suis-je pas leur pasteur ?

— C'est bien répondu, monsieur le curé, mais si vous voulez demeurer notre pasteur il faut surveiller votre santé. Je vous y engage. Vous avez une tête de déterré, conclut l'homme en réajustant son chapeau de paille.

— Je vous remercie de vous préoccuper ainsi de ma santé.

Le prêtre pose l'arrosoir sur le sol et s'éloigne en saluant son paroissien d'un signe de tête rassurant.

Cabinet de maître Chartier.

— Je vous ai demandé de venir me voir afin que vous compreniez bien la gravité de la démarche que nous sommes obligés d'entreprendre... à moins que vous ne préfériez renoncer ?
— C'est hors de question, maître ! Je vous écoute.
— Nous avons épuisé toutes les démarches amiables possibles pour appréhender les circonstances du décès de votre mère. Nous en sommes donc maintenant à la veille de devoir diligenter une procédure judiciaire. En effet, la clinique Marguerite prétend toujours avoir égaré son dossier médical et maintient sa fin de non-recevoir.
— Allons-y ! insiste Charlotte avec force.
— Et votre frère ? s'inquiète l'avocat. A-t-il changé d'opinion ou est-il toujours aussi réticent à l'égard de la procédure que nous allons engager ?
— Je vous l'ai dit, maître, soupire Charlotte, s'il n'en tenait qu'à lui il ne se passerait jamais rien !
— Je vous le demande car son point de vue a, je crois, son importance. En effet, nous allons demander l'exhumation du corps de votre maman. Il s'agit d'une procédure exceptionnelle. Des oppositions risquent de se manifester. En ces circonstances, on a besoin d'être soutenu ! Vous comprenez ?
— Je comprends, confirme Charlotte. Ce que je décide est mûrement réfléchi. Je suis plus déterminée que jamais !
— Je tiens cependant à souligner qu'une exhumation est toujours un moment difficile à vivre. Par ailleurs, notre cause n'est pas gagnée d'avance car le dossier n'est pas très étoffé.

— Je veux connaître la vérité. Pour cela, je suis prête à tenter tout ce qui peut l'être.

— Bien ! conclut l'avocat en opinant de la tête. Je vais m'en occuper.

— Je m'en remets entièrement à vous, maître. Si le décès de ma mère est consécutif à une erreur médicale ou je ne sais quoi d'autre d'anormal, je veux le savoir !

— Chère mademoiselle, je vais agir au mieux de votre cause.

Commissariat central. Salle des auditions.

Le commandant Verdeau tire une chaise en arrière, s'y assied sans précaution et branche l'enregistreur. De l'autre côté de la table, un homme lui fait face.

— Nom ? Prénom ? lui hurle-t-il.

— J'ai déjà dit tout ça à vos collègues dans l'aut' pièce.

— J'm'en fous ! insiste le commandant en se passant la main dans les cheveux. On recommence. Nom ? Prénom ?

— Charpentier Brandon, soupire l'interrogé.

— Profession ? crie encore le policier.

— J'en ai pas.

— Évidemment ! commente Verdeau en frappant des poings sur la table pour intimider son interlocuteur. C'est plus simple de faucher chez les commerçants que de bosser.

Brandon Charpentier se contente de baisser la tête en tournant et retournant entre ses mains sa casquette à carreaux.

— Parce que ça ne t'a pas suffi de piquer des dents en or et des bagues…, morigène le policier. Bon ! Passons aux choses sérieuses. Tes saouleries et le reste, moi, je m'en fous. Ce qui m'intéresse ce sont justement les dents et les autres babioles. Où est-ce que tu les as volées?

— J'les ai pas volées ! se défend Brandon Charpentier en tordant son couvre-chef de plus en plus nerveusement.

— C'est ça ! C'est tombé tout seul dans ta poche ! Un cadeau du ciel ! Ah non, je sais : on te les a données alors que tu faisais la manche dans la rue. Je me trompe ?

— Oui, on me les a données, répète Charpentier.

— Tu me prends pour un débile ? s'exclame Verdeau. Tu crois que je vais avaler cette salade ? Arrête de te foutre de moi. Évidemment, c'est chose courante : on rencontre quelqu'un dans la rue et tout naturellement on lui donne des dents en or. Tous les commerçants les acceptent d'ailleurs en paiement. C'est bien connu.

— Si ! C'est vrai, persiste Brandon Charpentier avec véhémence.

— Allez, dis-moi la vérité ! J'ai des affaires plus sérieuses à régler. Dis-moi où tu as piqué ça. Un dentiste ou un prothésiste pour les dents ? Quant à la bimbeloterie... je suppose que tu as rendu visite à un bijoutier qui fait de l'occase. Écoute ! On restitue le tout à ses propriétaires, le juge est clément et tu écopes de deux mois de taule. Nous, on en profite pour te débarrasser de tes poux et tu ressors tout neuf. Ce n'est pas mieux que de persister dans des mensonges qui énervent tout le monde ?

Brandon Charpentier renifle bruyamment.

— J'dis la vérité. Y sont à moi ! On m'les a donnés ! J'mens pas !

Verdeau lui tend un Kleenex tout en continuant à dérouler sa théorie sans se préoccuper des dénégations de son interlocuteur.

— Mouche-toi ! En plus, ton bijoutier, si ça se trouve il n'est pas très clair non plus. Probablement un peu receleur ! Indirectement, on va mettre fin à son trafic grâce à toi ! Le juge en tiendra compte aussi.

— Si j'vous dis tout, vous me protègerez ?

— Oh là là ! Tu regardes trop la télé. On n'est pas à Chicago ici !. Et puis, on ne te demande pas de témoigner contre la mafia. C'est quoi, ça encore ?

Brandon Charpentier écarquille les yeux. La peur le tétanise.

— S'ils apprennent que c'est moi, y vont au moins m'casser la gueule. C'est sûr !

— Raconte d'abord. On verra ensuite. De toutes façons tu vas être à l'abri pour un petit moment si… Allez ! Parle et qu'on en finisse !

— Ce sont des fossoyeurs, murmure Brandon Charpentier, en tremblant.

— Des fossoyeurs ? répète Verdeau, incrédule. Je ne comprends pas.

— Si. J'vais vous l'dire. C'était dans un cimetière près de chez mon pote.

— Qu'est-ce-que tu trafiquais dans ce cimetière ?

— C'était pour dormir !

— Parce que toi tu dors dans les cimetières ? Pourquoi tu n'es pas allé chez ton pote ?

— Il m'avait rembarré parce que j'venais avec rien

— Et Emmaüs ? Ils t'acceptent là-bas ! Même avec rien !

— De là où j'étais c'était trop loin.

— Remarque, commente Verdeau, parmi les morts tu ne risques pas d'être dérangé par les voisins.

Il rit de sa plaisanterie et enchaîne :

— Tu n'as pas peur qu'un revenant vienne te chatouiller les doigts de pieds ? Bon, poursuis !

— Donc, comme je vous le disais, mon pote ne veut pas de moi quand je viens trop souvent les mains vides. Je cherche alors un abri et, la plupart du temps, j'atterris dans un cimetière. Là, au moins, on ne me vire pas. Je me planque dans une chapelle et voilà…
— C'était où ?
— Près de chez mon pote. Bon, pas tout à côté non plus. J'ai marché avant pas mal de temps. C'est à Châteauneuf.
Le nom de la commune éveille l'attention du commandant.
— Raconte-moi avec précision dans quelles circonstances on t'a donné les dents et les bagues. Je t'écoute.
— J'étais bien au chaud dans une chapelle, mon sac derrière la tête. Il faisait noir depuis longtemps et j'dormais. Et puis, j'ai entendu des bruits et des chuchotements. J'me suis relevé. J'ai écouté. Ils parlaient trop bas et j'comprenais rien. J'ai tenté d' voir quelque chose à travers la grille. Rien. J'avais beau m'y écraser le tarin, toujours rien. Alors, je l'ai ouverte pour aller voir dehors. J'les ai vus. Ils étaient là, à côté, en train de remonter le cercueil d'une tombe qui n'avait pas encore été recouverte. Quelqu'un qui avait dû être enterré dans la journée.
— La suite, s'il te plaît, le presse Verdeau. La suite !
— Tout à coup, il y a eu du vent et la grille de la chapelle s'est refermée en grinçant. J'ai pris peur et je me suis enfui mais ils m'ont vite rattrapé. C'est vrai que j'avais un peu bu. Y m'ont interrogé et puis ils ont vu que j'étais un clochard, alors… ils ont compris qu'il suffisait de me donner quelque chose pour que je la ferme !
— Des détrousseurs de cadavres ! s'exclame Verdeau. Les dents en or et les bagues, c'est donc ça. Ah, les salauds !

— Mais moi, s'inquiète Brandon Charpentier, j'ai rien fait. J'vous jure.
— T'inquiète pas. Si tu continues à collaborer le juge t'en saura gré.
— Gré ? C'est quoi ?

Chez l'employeur de Paule Pichet.
En compagnie de Laurence Mahieux, le lieutenant Gérard retourne voir la société qui emploie Paule Pichet. La jeune femme n'a aucun mal à reconnaître parmi les fiches des membres du personnel l'individu qui poursuivait la jeune femme de ses assiduités. Le policier exige de son interlocuteur la discrétion la plus absolue afin de ne pas alerter le suspect.

De retour au commissariat, Gérard rend compte à Verdeau et lui transmet l'identité de ce premier suspect dans la disparition de Paule Pichet, un certain Pierre Lérisson.

Le commandant commence à croire qu'il est fort peu probable que la jeune femme soit partie de son plein gré mais refuse d'envisager le pire. Il faut forcer le pas et frapper fort, au risque de se tromper. Aussi, il contacte le juge et use d'arguments suffisamment convaincants pour obtenir un mandat afin de perquisitionner le domicile de l'intéressé..

— Nous allons faire d'une pierre deux coups ! explique-t-il à Gérard. On commence à l'interroger chez lui et, pendant ce temps, nos collègues fouillent son appart !

Les deux policiers prennent la route suivis par une escouade d'agents. En chemin, Verdau met Gérard au courant de l'interrogatoire de Brandon Charpentier.

— Des fossoyeurs détrousseurs de cadavres ! Incroyable ! On se croirait revenus au Moyen-Âge ! Si cela se trouve, le bazar dans les cimetières, c'est eux aussi !

Le lieutenant se contente d'opiner de la tête.

Chez Pierre Lérisson.

Devant l'immeuble de Lérisson, Verdeau divise ses troupes en deux sections. L'une emprunte l'escalier, l'autre l'ascenseur de sorte que le suspect ne puisse pas s'enfuir.

Devant sa porte ils se mettent en position et sonnent.

Un homme jeune, en jogging, à peine trente ans, ouvre. Surpris, il jette un coup d'œil aux uniformes.

— Bonjour messieurs. C'est pourquoi ? demande-t-il naïvement.

— Police ! déclare Verdeau. Vous êtes bien Pierre Lérisson ?

— Oui. Que se passe-t-il ?

— Nous avons un mandat de perquisition.

— Pourquoi cette perquisition ? De quoi m'accuse-t-on ?

— Nous allons vous le dire mais laissez-nous entrer ! ordonne Verdeau.

Pierre Lérisson hésite. Il ne sait quelle attitude adopter. Impatient, le commandant le pousse à l'intérieur et commande aux agents d'effectuer leur mission.

— Je proteste ! se plaint Lérisson. Vous n'avez pas le droit de vous introduire de cette façon chez les gens.

— Si ! Justement ! réplique Verdeau en lui plaquant devant les yeux le mandat du juge.

— Mais… de quoi s'agit-il ? s'étonne le jeune homme, soudain inquiet.

Le lieutenant Gérard prend le relais tandis que son supérieur braille des ordres aux agents.

— Vous êtes suspecté d'être responsable ou complice

de la disparition de Paule Pichet. Vous n'allez pas nier la connaître, n'est-ce pas ?

— Non, bien sûr ! confirme Lérisson. On en parle suffisamment au boulot. Mais en quoi cela me concerne-t-il ?

— Asseyez-vous ici et ne bougez plus ! ordonne Verdeau. Nous perquisitionnons d'abord. Nous causerons ensuite.

— Je..., tente de protester Lérisson.

— Restez tranquille, lui conseille Gérard et tout se passera bien si vous n'avez rien à vous reprocher.

— Vous ne pensez tout de même pas que...

— Nous ne pensons pas, précise Verdeau. Nous nous contentons de constater.

De son côté, Gérard saisit le téléphone portable du suspect et le met sous scellés.

— Et il nous faudra les codes d'accès de votre ordinateur.

— Je n'ai pas d'ordinateur.

— Ah bon, s'étonne Gérard. Vous seriez bien le seul !

— Puisque je vous le dis, s'énerve Lérisson.

— C'est bon ! fait Gérard, en signe d'apaisement.

L'appartement n'étant pas très spacieux, la fouille ne dure pas longtemps mais tout est passé au crible : l'armoire, le buffet, les tiroirs. Même le matelas est soulevé. Que cherchent-ils au juste ? Les agents font signe au commandant qu'ils n'ont rien trouvé.

Verdeau se passe nerveusement la main dans les cheveux puis, surexcité, s'adresse à Pierre Lérisson :

— Vous admettez connaître Paule Pichet, n'est-ce-pas ?

— Évidemment que je la connais, dit-il, rasséréné que cette perquisition n'ait rien révélé d'inquiétant. Elle travaillait dans la même entreprise que moi.

— Pourquoi dîtes-vous travaillait ? relève le policier.

— Je…, bégaie Lérisson, parce qu'elle a disparu.

Verdeau fronce les sourcils et pointe son index en signe d'accusation.

— Je pense que tu sais parfaitement ce qu'elle est devenue !

— Je vous assure que non ! bredouille Lérisson, visiblement mal à l'aise.

— Alors pourquoi nous avoir caché que tu la connaissais vraiment bien, la petite Paule, lorsque nous avons fait le tour des membres du personnel ?

— Je ne la connais pas plus que les autres.

— Arrête ton char, le sermonne Verdeau. D'après nos informations, tu la fréquentais plus que les autres ou, plutôt, tu aurais bien aimé la fréquenter plus !

— Comme tout le monde dans l'entreprise. Pas moins, pas plus !

— Ce n'est pas tout à fait ce qu'on nous a rapporté ! Je pense que tu lui filais sérieusement le train à la gamine ! Mais pas de bol ! Apparemment, ton manège ne lui plaisait pas et elle t'a renvoyé dans tes buts !

— Ce n'est pas…, tente de protester Lérisson.

— Ne nie pas, le coupe brutalement Verdeau. On a des témoins.

— Ah ! Je vois ! réagit Lérisson. C'est cette poufiasse de Mahieux qui est venue baver dans votre gilet !

— J'ai parlé de témoins au pluriel, argumente Verdeau.

— Comme jalouse celle-là, on ne fait pas mieux ! Un visage d'ange mais un cœur de vipère !

Le commandant n'entend pas polémiquer et poursuit son réquisitoire :

— Tu oses nier que tu voulais la séduire ? Enfin… quand je dis la séduire c'est pour parler comme le beau monde !

— Je ne nie rien, avoue Lérisson. Mais cela ne fait pas de moi un kidnappeur, un tordu ou je ne sais quoi encore !

— Pourquoi parles-tu de kidnapping ? Comment sais-tu qu'elle a été kidnappée ? Nous, on ne sait rien encore !

— Je ne sais pas si elle a été kidnappée, se défend Lérisson à nouveau sur la défensive. Mais c'est ce que tout le monde pense !

— Après tout, insinue Verdeau, tu l'aimais tellement que tu aurais pu forcer le destin. Comme elle ne voulait pas de toi, une idée folle t'a traversé l'esprit ! Et hop ! Avoue ! C'est ce qui s'est passé. Je me trompe ?

— Je suis innocent, clame Lérisson. Je n'ai rien fait. La preuve : votre perquisition n'a rien donné. Laissez-moi tranquille !

— Explique-moi alors pourquoi tu n'as pas dit à mon collègue qui a fait le tour du personnel de l'entreprise que tu la connaissais un peu plus que les autres ?

— Ce n'est pas vrai, plaide Lérisson. Je ne la connais pas mieux que les autres. Je voulais sortir avec elle, c'est vrai, mais ça n'a pas marché ! Vous le savez bien puisque vous prétendez avoir des témoins ! Vous feriez mieux de regarder du côté de la Mahieux. Elle était jalouse de voir les hommes se focaliser sur Paule et pas sur elle !

— Ne t'inquiète pas. On n'oublie personne. En attendant, on t'emmène avec nous. Adjudant, on l'embarque !

Sur un ordre du chef de l'escouade, deux agents saisissent le suspect par les bras. Lérisson proteste. Verdeau lui conseille de se calmer s'il ne veut pas sortir de l'immeuble avec les menottes.

Chapitre 15
Commissariat central.

Pierre Lérisson partage la cellule d'un alcoolique en dégrisement, d'un clochard couvert de poux et d'un voleur à la tire. Les policiers n'ont pas l'intention de le laisser séjourner longtemps dans cette promiscuité inquiétante. Ils veulent seulement le déstabiliser pour le rendre plus coopératif.

— Commandant, qui est ce type ? interroge le commissaire.

— Pierre Lérisson. Notre suspect numéro un dans la disparition de Paule Pichet. Il nie tout mais on va le faire parler ! Une amie de la disparue est aussi sur la sellette.

— Travaillez-les au corps tous les deux en même temps. J'ai un mauvais pressentiment.

— On met toute la gomme ! On avance également sur le dossier de Châteauneuf. Les dents en or, ce sont des fossoyeurs qui ont fait le coup. Ils détroussent les cadavres ! Vous pigez, patron ?

— Et le Brandon Charpentier dans tout cela ?

— Un pauvre type qui les a surpris dans leur sale besogne.

— Décidément, on ne respecte plus rien aujourd'hui,

commente le commissaire en levant les yeux au ciel.
— C'est malheureusement vrai ! soupire le commandant.
Rousseau et Gérard apportent de nouveaux éléments à l'enquête. Ils auraient trouvé où Lérisson cachait ses dossiers.
— Dans le cloud, lâche fièrement Gérard.
— Le quoi ? demande le commissaire qui ne connaît pas grand-chose à l'informatique.
— Malin, le Lérisson, explique Rousseau ! Rien chez lui. Pas d'ordinateur, rien sur celui du bureau mais tout chez un hébergeur virtuel.
— Du coup, il peut consulter ses dossiers où qu'il soit : ni vu, ni connu. Enfin presque ! ajoute le lieutenant.
— Et comment avez-vous découvert le pot aux roses ? s'enquiert le commissaire.
— Parce qu'il se rince l'œil au bureau. Des photos de filles très dénudées qu'il regarde en se connectant sur son cloud.
— Des photos pornos ? interroge Verdeau.
— Pas vraiment mais certaines sont limite. Il y a aussi des vidéos !
— Et Paule Pichet ? s'inquiète Machelles. Il a des photos de Paule Pichet ?
— Un certain nombre, confirme Rousseau. On peut dire qu'il a flashé sur elle. Il peut difficilement le nier !
— Et ces photos, elles sont comment ? demande Verdeau.
— Rien à dire, le rassure Rousseau. Ces photos-là sont tout à fait correctes.
— Bon, conclut le commandant, il n'y a pas de temps à perdre. Un mec qui cache des photos ce n'est pas net. En plus, des photos de notre disparue. Allez, les gars, il faut le cuisiner jusqu'à ce qu'il crache le morceau...

Dans la salle des auditions.

Une table, trois chaises, une caméra. Pierre Lérisson est assis d'un côté, le commandant de l'autre. Derrière la vitre sans teint, Rousseau et Gérard assistent à l'interrogatoire.

Le policier entre immédiatement dans le vif du sujet :

— Alors comme ça, monsieur collectionne les belles filles à l'abri des regards indiscrets ?

— De quoi parlez-vous ? se défend Lérisson.

— Ne fais pas le malin, s'emporte le commandant. On sait tout : tes albums en ligne et le reste.

— Et alors, c'est interdit ?

— En principe, non mais quand il s'agit des photos d'une personne disparue, c'est différent !

— Vous n'allez quand même pas me mettre ça sur le dos, s'insurge le jeune homme. Je n'ai rien fait, moi !

— Arrête de gesticuler ! ordonne Verdeau. T'es cuit alors mets-toi à table !

— Je vous répète que je suis innocent. Je m'intéressais à Paule, c'est vrai. Elle ne voulait pas de moi, c'est vrai aussi. Mais pour le reste, vous perdez votre temps !

— Je ne le pense pas, hurle Verdeau en tapant du poing sur la table. Dis-nous ce que tu as fait. Après tout, un kidnapping ce n'est pas trop grave. Tu nous dis où elle est, on délivre la malheureuse, tu plaides la passion et tu écopes du minimum.

— Je ne peux tout de même pas avouer un délit que je n'ai pas commis ! Cherchez ailleurs !

— Je commence à perdre patience ! s'exclame Verdeau. On sait que tu étais particulièrement collant. Te faire remettre à ta place sans arrêt t'a énervé. Tu as piqué une colère et…

— Non ! je vous jure que non. Je n'ai absolument rien fait. Vous vous acharnez sur moi et pendant ce temps, le coupable est en liberté. Elle avait un mec. C'est lui que vous devriez interroger.
— Un mec ? répète Verdeau. Raconte !
— Un drôle de mec, précise Lérisson.
— Un drôle de mec, dit Verdeau soudain calmé. Et comment tu sais ça, toi ?
— Quand vous avez quelqu'un dans la peau, vous savez...
— Non justement, l'interrompt Verdeau, je ne sais pas ! Épargne-nous les sanglots longs des violons et accouche ! Nom de Dieu !
— Un soir, je l'ai suivie. Elle a retrouvé un homme au coin d'une rue. Il est sorti de l'ombre lorsque Paule arrivait. On aurait dit qu'il cherchait à se cacher !
— Et après ?
— Il l'a raccompagnée jusque chez elle. J'ai voulu le suivre pour savoir qui c'était mais il est monté dans une vieille voiture après avoir quitté Paule. Une Citroën, je crois !
— Donc, tu ne sais pas qui il est ? complète Verdeau. Fais attention ! Si tu nous balades, il va t'en cuire !
— Je suis peut-être un branleur, un coureur de jupons mais je n'ai fait de mal à personne. Je ne connais pas son identité mais je sais maintenant où il habite.
— Alors ? s'impatiente Verdeau.
— Vous savez, ça ne s'est pas fait en un jour ! Apparemment, ils se cachaient. Moi, c'est ce que je pense ! Enfin, la deuxième fois, même topo ! Mais là j'avais tout prévu. J'étais en moto et j'ai pu le suivre !
— Le reconnaîtrais-tu ?
— Probablement ! Mais pas sûr ! Je ne l'ai aperçu que

deux fois et le soir en plus. Donc pas évident !

— Pourquoi ne pas nous en avoir parlé plus tôt ? Bien vague, ton témoignage !

— Je ne voulais pas attirer l'attention sur moi. Les flics, je sais ce que c'est ! On veut rendre service et on se retrouve sur le banc des accusés !

— Arrête ton char ! Dis-nous où habite ce séducteur.

— C'est d'accord mais alors vous me relâchez !

— Comme tu y vas ! ricane le commandant. Qu'est-ce que tu crois ! Pas avant d'avoir vérifié que tu ne nous racontes pas de sottises !

— Mais…, tente de plaider Lérisson.

— Il n'y a pas de mais qui tienne ! Pour l'instant, tu restes le suspect numéro un ! En effet, depuis qu'on se parle, mes collègues ont vu que tu avais eu une condamnation… Tu es quand même un type louche !

— Ce n'est pas de ma faute s'il y a des gonzesses qui montrent facilement la moitié de leur cul et qui jouent ensuite les vierges effarouchées dès qu'on les touche ! Et puis, c'est une vieille affaire !

— Peu importe. Ne dit-on pas : « Qui a bu, boira ! » ? Mais ne t'inquiète pas ! On ne va pas t'oublier ! Tu ne vas pas prendre racine ! On recherche l'identité du bonhomme, on l'interroge et on voit si le costume du suspect lui va ou non ! Et si tu nous as monté un gros bobard pour te disculper…

— Pourquoi le ferais-je ? Vous me soupçonnez alors que je suis innocent !

— C'est toi qui le dis ! Nous, on n'en a pas la preuve !

— Ni que je suis coupable ! Je ne cherche qu'à vous aider en espérant qu'il ne soit rien arrivé de grave à Paule.

— Ah ! s'écrie Verdeau. Enfin un peu de sentiments !

Chapitre 16
Dans une compagnie de pompes funèbres.

Le capitaine Rousseau se présente à l'accueil de la seule compagnie des pompes funèbres de la région. Il demande à être reçu par le directeur.
Un petit homme bedonnant, costume et cravate sombres, vient à sa rencontre et le conduit dans son bureau. Tout y est pensé pour respecter l'atmosphère de recueillement qui accompagne un deuil. Sur un mur des illustrations représentant des couronnes funéraires, sur l'autre un choix de pierres tombales.
Ils s'assoient devant une table basse supportant des ouvrages à caractère professionnel.
— Que puis-je pour vous ? demande le directeur. Vous avez fait état de votre qualité professionnelle, est-ce pour l'enterrement d'un collègue ?
— Non, pas du tout, rectifie Rousseau. Et tant mieux ! Il s'agit d'un autre sujet, moins grave dans un sens mais tout aussi préoccupant.
— Je vous écoute.
— Pour des raisons administratives, le commissariat vous a demandé une liste de vos fossoyeurs...

Le petit homme l'interrompt :

— Oui. Et je vous l'ai communiquée sans rechigner ! Votre collègue a dû vous le dire ?

— Je sais cela, confirme Rousseau. D'ailleurs, la voici ! Mais je souhaite que vous la complétiez !

— Que je la complète ?

— Il nous faut l'emploi du temps de chacun d'eux pour ces dernières semaines, dans quels cimetières ils sont intervenus et pour quels enterrements.

— C'est que…, hésite le directeur, certains font ça en plus de leur travail. Enfin, vous comprenez ce que je veux dire…

— Je ne suis pas un agent du fisc si c'est de cela que vous voulez parler, le rassure Rousseau. Je veux que vous me donniez tout : les déclarés et les autres. Dans le cas contraire, vous risquez de vous retrouver avec une inculpation pour entrave à la justice dans une affaire pénale, voire même une inculpation pour complicité.

— N'ayez crainte, capitaine ! affirme le gérant des pompes funèbres, en lissant le bout de sa cravate sur son ventre bedonnant. Je dirige une maison respectable et il ne me viendrait pas à l'idée de vous cacher quoi que ce soit. Je vais vous faire cela aussi rapidement que possible.

— C'est pour maintenant, lance Rousseau. De toute façon, ça ne va pas représenter des heures de travail. Les macchabés, il ne doit pas y en avoir des centaines !

— Mais qui me dit que…, bégaie le directeur.

— J'ai compris ! Je vous fais parvenir une réquisition pour dégager votre responsabilité. De votre côté, vous m'envoyez la liste dans une heure ! Et silence absolu de votre part. C'est d'accord ?

— Vous pouvez compter sur moi! Je serai muet comme une carpe !

— C'est parfait ! conclut le capitaine en se levant.

— Puis-je savoir ce qu'on leur reproche ? bredouille le gérant. J'espère que ce n'est pas trop grave.

— Je mène mon enquête et je ne peux pas vous en dire davantage pour l'instant.

Chapelle-le-Haut.

Laissant derrière eux les immeubles de la périphérie d'Angers, Verdeau et Gérard empruntent la départementale en direction de Chapelle-le-Haut. Les indications données par Lérisson sont claires : une demi-heure plus tard ils se garent sur la place de l'église.

— D'après Lérisson, ce serait là, déclare Gérard en descendant de voiture.

— Mais n'est-ce pas le presbytère ? s'étonne Verdeau.

Il frappe. Une vieille dame, tablier à carreaux et fichu sur les épaules, leur ouvre.

— Bonjour, messieurs. Si c'est pour monsieur le curé, vous pouvez le trouver à cette heure-ci à Châteauneuf.

— C'est donc bien le presbytère ici ? s'enquiert Verdeau.

La vieille dame confirme.

— Hormis monsieur le curé, d'autres personnes habitent-elles dans cette maison ? interroge le policier.

— Bien sûr que non ! Monsieur le curé habite seul ici.

— Nous allons donc nous rendre à Châteauneuf. Où peut-on le trouver là-bas ?

— Soit dans l'église, soit dans le cimetière. En revanche, ce n'est pas comme ici. Ils ne sont pas l'un à côté de l'autre. Là-bas, le cimetière est plus loin du bon Dieu.

— Cela ne fait rien, réplique Verdeau, en souriant. Nous irons de l'un à l'autre. De toute façon, nous sommes en voiture.

— C'est bien ! approuve le tablier à carreaux. Je vous suggère de commencer par la sacristie ou le confessionnal. Bon ! Excusez-moi, j'ai un ragoût sur le feu. C'est pour le dîner de monsieur…

Les deux policiers regagnent leur véhicule et échangent leurs impressions.

— Je n'aime pas beaucoup la tournure que prennent les événements, commente le commandant.

— Evidemment ! confirme le lieutenant. Un prêtre comme suspect, ce n'est pas tous les jours…

— Les médias vont s'emparer de l'affaire et il va nous falloir travailler avec ces empêcheurs de tourner en rond. Pour ce qui est de la religion, moi, personnellement, je m'en fous !

— Si cela se trouve, argumente Gérard, le curé n'y est pour rien. Un simple quiproquo qui sera vite dissipé !

— Espérons que tu aies raison parce que, malgré tout, j'ai du respect pour ceux qui pratiquent !

Le smartphone du commandant se met à vibrer. Il le sort de sa poche et s'exclame sans décrocher :

— Encore elle ! Elle commence vraiment à me courir !

— Une femme séduite qui te poursuit ? fait Gérard, en souriant.

— Même pas ! précise Verdeau. Celle-là a certainement fait vœu de chasteté !

— Pourquoi te poursuit-elle dans ce cas ?

— Pour entretenir des relations platoniques sans plus si affinités… Je ne suis pas encore mûr pour les échanges

intellectuels au coin du feu, style veillée des chaumières…
— Je vois !
La Mégane des policiers longe maintenant le mur d'enceinte du cimetière. Tout autour, des constructions ont progressivement grignoté l'étendue des surfaces agraires.

Ils poursuivent leur route et bifurquent un peu plus loin sur la gauche dans la rue de l'église. Un prêtre traverse le parvis. Les deux policiers se précipitent à sa rencontre et l'abordent sans précaution particulière.

— Police nationale ! commence le commandant. Êtes-vous bien le curé qui réside dans le presbytère de Chapelle-le-Haut ?

— Bien sûr, mon fils. Que puis-je pour vous ?

— Je vous demande de nous suivre jusqu'au commissariat d'Angers.

— Pourquoi faire ? s'inquiète le prêtre. Je ne puis m'absenter ainsi. On m'attend pour une assemblée liturgique.

— Je suis désolé ! insiste Verdeau, en fronçant les sourcils. C'est important. Nous devons entendre votre témoignage dans une enquête en cours. Eu égard à vos fonctions, nous vous demandons de ne pas nous forcer à employer la force.

Le prêtre recule d'un pas, abasourdi.

— Vous n'y pensez tout de même pas ?

Verdeau poursuit :

— Connaissez-vous une personne répondant au nom de Paule Pichet ?

Le curé réfléchit.

— Paule Pichet, dîtes-vous ?

— Évidemment ! Vous allez commencer par nier !

— Nier quoi, mon fils ? Je ne comprends pas de quoi vous voulez parler. Expliquez-vous !

— Vous êtes suspecté de l'enlèvement de Paule Pichet. Allez ! En route !

Le prêtre proteste.

— Vous rendez-vous compte de quelle ignominie vous m'accusez ? Et qui est cette Paule... comment dîtes-vous qu'elle s'appelle ?

— Ne faites pas l'innocent ! gronde Verdeau. Nous avons la preuve que vous la fréquentez depuis plusieurs mois !

— Vous vous trompez, mon fils ! Dieu vous pardonnera vos erreurs tout comme moi-même !

— Vos bondieuseries ne font que m'énerver ! Suivez-nous sans résister ! Si vous êtes aussi innocent que vous le prétendez, vous ne refuserez pas d'être confronté à un témoin.

— Assurément, mon fils. Je vous suis sans hésiter pour dissiper ce terrible malentendu. Je compte sur vous pour en finir immédiatement et me ramener à temps pour ne pas inquiéter les paroissiens qui m'attendent.

— Je suis désolé mais la justice passe avant les paroissiens !

— Ne vous en faites pas ! le rassure Gérard, resté muet jusqu'alors. Nous allons tout mettre en œuvre pour qu'il en soit ainsi.

Commissariat central.

Une confrontation est organisée derrière la glace sans tain. Plusieurs policiers en civil sont alignés dans la salle des auditions. Parmi eux, le curé de Châteauneuf débarrassé de tous les accessoires vestimentaires susceptibles d'identifier sa fonction.

On sort Lérisson de sa cellule et on lui demande de reconnaître l'inconnu que fréquentait la disparue.

Lérisson observe longuement toutes les personnes mais en vain. Verdeau et Gérard insistent.

— Regarde mieux, Lérisson ! Le mec qui roucoulait auprès de Paule est là. Il est dans ton intérêt de le reconnaître, sinon on te garde encore au chaud !

— Désolé mais je ne vais pas me mettre à dénoncer n'importe qui ! s'exclame le gardé à vue, exaspéré. De toute façon, vous n'avez rien contre moi ! Quelques photos dans un album ! Vous êtes obligés de me libérer ! Je ne reconnais personne. Vous vous êtes certainement trompé de bonhomme !

Le commandant semble réfléchir.

— La seule réponse logique, dit-il au bout d'un moment, c'est que d'autres fréquentent le presbytère.

— Moi, je ne vous ai jamais dit que c'était le curé ! réagit Lérisson. En revanche, c'est un type qui doit avoir les clés parce qu'il se permet de rentrer à des heures tardives !

— C'est-à-dire ?

— À la nuit tombée ! Et vu l'heure, je ne pense pas que ce soit le sacristain !

— Bon ! finit par trancher Verdeau. En attendant de décider de ton sort on te ramène en cellule.

Les personnes rassemblées pour la confrontation se dispersent.

— Vous êtes contents ? fait le prêtre. Maintenant, il faut me reconduire en vitesse !

— Est-ce que d'autres personnes que vous ont l'habitude d'entrer et de sortir du presbytère ? demande Verdeau. Je ne parle pas de votre cuisinière, bien sûr ! Le sacristain, peut-être ?

— Absolument personne !

— Vous en êtes certain ? Réfléchissez bien !

— Mon sacristain n'a rien à faire au presbytère. Tout ce dont il peut avoir besoin se trouve dans la sacristie. En résumé, je ne vois personne mais, évidemment, je ne sais pas ce qu'il se passait avant moi.

— Avant vous ? fait Gérard. Qu'entendez-vous par là ?

— Je viens tout juste d'être affecté à ces deux paroisses. Aujourd'hui, j'étais à Châteauneuf pour me présenter aux paroissiens au cours d'une assemblée liturgique.

— Où étiez-vous auparavant ?

— À l'autre bout de la France et j'ignorais alors l'existence de ces paroisses jumelées.

— Mais cela change tout. Et avant vous ? Votre prédécesseur ? Qui était-il ? Où est-il maintenant ?

— L'abbé Louis Porte ? Je ne sais. Il faut croire que l'évêché avait un problème urgent à régler car il est parti sur le champ. Je n'ai même pas eu l'honneur de le saluer avant son départ. Le nom de sa nouvelle paroisse ? Je ne la connais pas et ma cuisinière, qui l'a servi avant moi, non plus. Il a obéi à ses supérieurs, tout comme moi. Nous allons là où le devoir nous appelle ! Le vœu d'obéissance...

— Lérisson a raison, maugrée Verdeau, dépité. Nous nous sommes trompés de bonhomme !

— Vous dîtes ? s'inquiète le prêtre.

Le commandant ne se donne pas la peine de répondre.

— Excusez-nous, monsieur le curé. Nous allons vous reconduire immédiatement à Châteauneuf. Je vous demande cependant de rester discret. Tout bavardage pourrait entraîner des conséquences dramatiques.

— Vous pouvez compter sur mon silence. Tant qu'il n'entrave pas ma conscience...

Chapitre 17
À l'évêché.

On frappe avec insistance à la porte du bureau de monseigneur Larose. Le vicaire général entre, essoufflé. L'évêque l'invite à s'asseoir et à retrouver son calme.

— Que vous arrive-t-il, mon cher ? Vous me semblez dans tous vos états !

Le nouveau venu se laisse choir dans un fauteuil Voltaire recouvert d'un épais tissu de velours clouté. Il est pâle comme un linge.

— Reprenez vos esprits ! Que diantre ! Qu'est-ce-qui vous affecte à ce point ?

Entre deux longs soupirs, le vicaire général bafouille :

— Messoles a reçu la visite de la police !

— Et alors ? Que veut-elle ?

— Monseigneur aurait-il oublié que c'est dans ce monastère que nous avons recueilli le frère Louis, puisque c'est ainsi qu'il faut dorénavant l'appeler ?

L'évêque se lève d'un geste brusque, bousculant dans son affolement des objets sur son bureau.

— Mon Dieu ! Mon Dieu ! marmonne-t-il les yeux au ciel. Comment l'ont-ils retrouvé ? Et si vite !

— Le secrétariat, monseigneur. Face à une réquisition... Cependant, pourquoi l'avoir transféré dans une congrégation monastique ? Pourquoi la police le recherche-t-elle ? De quelle action coupable est-il accusé ?

— Il est vrai que je ne vous ai pas tout dit, avoue monseigneur Larose à son collaborateur. En vous demandant de l'abriter à Messoles, je pensais simplement le protéger contre lui-même.

— Ce qui signifie, monseigneur ?

— Le protéger contre les pièges que Satan se plaît à semer sur le chemin des plus fragiles d'entre nous.

— Pouvez-vous être plus clair ? quémande le vicaire général. Entendez-vous le soustraire à la loi des hommes ? Je dis cela car si la police le recherche...

— Il m'a confessé des actes répréhensibles au regard de la religion mais m'a tenu des propos fort confus. Il m'a été difficile de séparer la vérité de la paranoïa tant tout ceci s'est tenu sous le coup d'une forte émotion. En acceptant de le retirer du monde, je ne cherche qu'à le protéger contre ses propres faiblesses et sauver ce qui peut encore l'être : son âme.

— La police n'a rien voulu révéler au frère portier. Afin de nous faire gagner du temps et de nous prévenir, ce dernier a prétexté que le frère Louis n'avait pas encore pris ses fonctions au sein de la communauté monastique. Pieux mensonge qui lui sera pardonné, vous en conviendrez ! Évidemment, les policiers vont revenir... ou convoquer le frère ! Que va-t-il alors se passer ?

— La justice devra suivre son cours. J'espère qu'on ne jettera pas l'opprobre, une fois de plus, sur notre pauvre Église ! Mon Dieu ! Mon Dieu ! Venez-vous en aide !

Le vicaire général serre fortement dans ses mains le crucifix accroché sur sa poitrine et suggère :

— Monseigneur, ordonnons-lui de s'enfuir immédiatement. Si possible à l'autre bout du monde ! Après tout, Dieu est présent partout. Il lui viendra en aide. Et ainsi, nous épargnerons à l'Église ce nouveau scandale !

Monseigneur Larose se lamente :

— Si le Christ nous demande d'aller rechercher la brebis égarée pour la ramener au sein du troupeau, il a oublié de nous dire comment faire pour que le troupeau ne soit pas contaminé par une brebis malade !

— Contaminé ?

— Oui, mon ami ! explique l'évêque. Il suffit aussi d'une brebis galeuse pour que la vox populi condamne tout le troupeau.

— Hélas, hélas ! confesse le vicaire général. C'est bien pour cela qu'il faut tenter tout ce qui est possible pour le frère Louis.

Commissariat central.

Sur la base des informations transmises par la compagnie des pompes funèbres, la police a convoqué un certain nombre de fossoyeurs susceptibles d'avoir travaillé dans le cimetière de Châteauneuf. Après avoir subi un interrogatoire en règle, ils sont confrontés, par le truchement de la glace sans tain, à Brandon Charpentier. Celui-ci n'en reconnaît aucun.

Les policiers sont déconfits. Ils pensaient l'affaire résolue. Il n'en est rien. Quel élément de l'enquête leur aurait échappé ? Pouvaient-ils faire confiance à un vagabond doublé d'un ivrogne pour reconnaître des gens ? Et puis, tout cela s'est déroulé en pleine nuit ! Si les fossoyeurs ne sont pas coupables, qui a bien pu détrousser des morts ?

Le commissaire Machelles, qui suce une énième pastille anti-tabac, réfléchit à haute voix :

— Il est difficile de supposer que ces canailles agissent au hasard. Ils sont forcément renseignés.

Passant la main dans ses cheveux – tic qu'il a développé quand il ne trouve pas de solution à un problème – Verdeau marmonne :

— Vous pensez à quoi, patron ? Des malfrats complices qui feraient la sale besogne à leur place ?

— Ce n'est pas impossible, confirme le commissaire. En réalité, je pense à autre chose. Ce ne sont pas les fossoyeurs qui mettent les dépouilles en bière. Ce ne sont donc pas eux qui peuvent savoir si les morts partent dans l'au-delà avec des dents en or ou autres bijoux qui brillent. Ce sont les thanatopracteurs.

— C'est quoi, interroge le lieutenant Gérard, les thana... ?

— Les thanatopracteurs, répond tranquillement le commissaire en ménageant ses effets, ce sont ceux qui pratiquent la thanatopraxie.

— Avec ça, on est bien renseignés ! s'exclame Verdeau.

— Ce sont tout simplement les embaumeurs qui préparent les corps des défunts pour les rendre présentables à la famille.

— Qu'est-ce qu'on est bête ! confesse Verdeau en repoussant sa mèche de cheveux. C'est évidemment de ce côté-là qu'il faut chercher !

— Évidemment, confirme Gérard.

— Dépêchez-vous de me clore ce dossier, ordonne Machelles. Et la disparition de Paule Pichet, ça avance ?

— Nous sommes sur une bonne piste, patron, rapporte Verdeau. Nous attendons le mandat d'amener pour pincer le prêtre Louis Portes à l'abbaye de Messoles. Le frère portier nous a raconté un bobard mais sans mandat nous ne pouvions rien faire ! C'est curieux comme ces messieurs les moines ont du mal à mentir.

— Vous avez pensé à laisser des agents en faction pour empêcher une fuite éventuelle du suspect ?

— Nous avons fait le nécessaire, précise Verdeau. Malgré tout, notre dispositif n'est pas parfait. L'endroit est très fréquenté. Il peut profiter d'un mouvement de foule pour se glisser à l'extérieur.

— Talonnez le juge ! exige Machelles. Il n'y a pas une minute à perdre. En plus, dans les monastères, il existe souvent des passages secrets que seuls les moines connaissent. Mais ne relâchons pas la pression sur Lérisson. Le type ne me plaît pas. Il est bien capable d'avoir monté une affaire pour faire plonger un prêtre à sa place. Il y a aussi la Mahieux...

— Faîtes-nous confiance, patron ! Nous surveillons tout ce joli monde de près !

Sur le réseau d'un opérateur téléphonique.

— Allo ? Je vous écoute !

— Bonjour maître. Comment allez-vous ? J'ai appris que vous avez reçu une visite un peu gênante ?

— Bah ! Une simple visite de courtoisie.

— Je trouve que vous en parlez avec beaucoup de légèreté. Ils peuvent nous causer des ennuis.

— Je ne vois pas en quoi.

— Disons que...

— Chassez les ions négatifs de votre esprit. Positivez,

voyons ! Puisque vous m'appelez, j'en profite pour vous demander de confirmer à nos amis notre prochaine tenue.

— Il est probable que vous soyez sous surveillance. Si la situation s'aggrave, je crains que cela n'importune certains membres !

— Remettez-vous, mon cher ! Nous allons seulement faire preuve d'un peu d'originalité. Notre protecteur peut se manifester partout où nous le sollicitons.

— Est-ce prudent ?

— Je ne vois pas où est le danger. Il faudra seulement le solliciter avec plus de ferveur car je reconnais que certains lieux sont plus propices à notre dévotion.

— Ce lieu que vous préconisez est-il celui auquel je pense ?

— Absolument ! À circonstances exceptionnelles, choix exceptionnel. En nous approchant de lui à l'extrême, il nous inondera davantage de sa lumière. Nous en deviendrons plus forts. Les fidèles ne peuvent que consentir à entrer dans la lumière. Allez en paix et rassemblez les brebis pour ce grand jour. Ne vous préoccupez pas du reste. Nous sommes sous la protection du Très-Puissant. Nous ne risquons rien. En son nom, je m'en porte garant.

— Bien, maître. Je m'en remets à vous.

Chapitre 18
Commissariat central.

La police contacte à nouveau les pompes funèbres. Le petit homme bedonnant n'objecte aucune réserve à sa nouvelle demande. Les embaumeurs qui exercent leur talent dans la région sont au nombre de deux : Valérie Matisson et Guy Lourdin.

La cinquantaine, vêtu d'un costume sombre taillé sur mesure, ce dernier arbore une chevelure grisonnante soigneusement peignée en arrière. Ses lunettes perchées sur le haut du front et sa démarche nonchalante, révèlent un tempérament de séducteur. Il a la parole facile et répond sans hésiter aux questions du policier. Aucun soupçon ne pesant sur lui, Gérard lui fait signer sa déposition et le laisse repartir.

En traversant l'open-space du commissariat, il croise Valérie Matisson mais ne lui adresse pas la parole. Elle est vêtue pour sa part d'un chemisier de soie blanche sous une veste de tailleur gris perle qui met en valeur son visage au teint hâlé. Elle porte un pantalon élégant.

Le lieutenant l'introduit dans la salle des auditions.

Habile, elle use d'une gestuelle minutieusement

étudiée qui fait briller de mille feux les nombreux bijoux qui ornent ses doigts et ses oreilles.

Tandis que le policier ne peut s'empêcher de penser à la façon dont elle a dû les acquérir, il la questionne sur ses activités. Mais les réponses qu'elle donne sont confuses et des zones d'ombre subsistent après l'interrogatoire.

En concertation avec Verdeau qui a suivi la scène derrière la glace sans tain, ils conviennent d'un scénario pour l'empêcher de faire disparaître des pièces à conviction. L'idée est d'obtenir rapidement l'autorisation de perquisitionner son domicile et de ne lui permettre de quitter le commissariat que lorsque Rousseau sera en route avec le mandat du juge.

— Et des fois qu'elle ait l'idée de se rendre ailleurs tu la suivras discrètement en voiture, ordonne le commandant.

Le lieutenant Gérard trouve un prétexte pour faire patienter l'intéressée jusqu'à ce que le capitaine passe la tête par la porte, annonçant une urgence. C'est le signal. Le mandat de perquisition est arrivé. L'interrogée semble soulagée que l'attention se porte d'un coup sur une autre affaire. Gérard la remercie pour sa coopération et la raccompagne à l'entrée.

L'appartement de Valérie Matisson est situé dans une résidence luxueuse, non loin du château. Une allée privée dessert de petits bâtiments de deux étages en pierre de taille, disséminés dans un parc arboré aux pelouses fleuries.

L'embaumeuse descend de son véhicule, visiblement surprise de découvrir dans son allée un fourgon de police et l'officier qu'elle a entraperçu au commissariat. Très vite ils sont rattrapés par le lieutenant Gérard.

Elle n'a pas l'air de comprendre ce qu'il se passe, même quand le capitaine lui met sous les yeux un mandat de perquisition.

— Madame, déclare-t-il de manière solennelle, en vertu du mandat établi par le juge, je vous informe que nous sommes là pour procéder à la perquisition de votre domicile.

Valérie Matisson tente de protester mais rien n'y fait. Sur ordre de Rousseau, trois policiers descendent à leur tour du fourgon.

— Et si je refuse, s'exclame l'embaumeuse, en se redressant comme une tigresse prête à griffer. Si je ne vous donne pas les clés ?

— C'est à vous de voir si vous voulez repayer une serrure… Et, pour le cas où vous auriez quelque chose à vous reprocher, vous ne feriez qu'aggraver les choses.

La suspecte fait la moue et se tait. De toute évidence, elle a perdu de sa superbe.

Gérard presse le bouton d'appel de l'ascenseur. En sort Guy Lourdin.

Stupéfait, ce dernier ne sait quelle contenance tenir.

— Monsieur Lourdin ! Quel hasard de vous trouver ici ! s'étonne le lieutenant.

Lourdin bredouille une explication des plus absconses.

— Vous pouvez me répéter ça plus lentement ? lui retourne le capitaine.

Remarquant la présence de Valérie Matisson et des quelques policiers qui les accompagnent, l'embaumeur comprend rapidement la situation et retrouve son calme.

— Je venais rendre visite à un ami qui habite dans cet immeuble mais comme il est absent, je m'en vais.

— Le nom de cet ami ? demande Rousseau.

Lourdin, dont le regard fixe les boîtes aux lettres qui tapissent le mur du hall, cite un nom au hasard.
— Vous permettez ? Nous allons le contacter pour vérifier s'il est bien absent. Vous connaissez certainement son code pour le visiophone que je vois ici.
— 234 ! annonce Lourdin sans hésiter, alors que des gouttelettes de sueur commencent à perler sur son front.
Rousseau presse le bouton marqué d'une cloche.
— Effectivement, votre ami est bien absent, constate-t-il. À moins que vous ne m'ayez pas donné le bon code ! Mais, dîtes-moi, puisqu'il n'a pas répondu, comment se fait-il que vous ayez réussi à franchir le sas ?
— Passer le sas est un jeu d'enfant ! déclare nonchalamment Lourdin. Il suffit d'attendre qu'une autre personne entre ou sorte !
— Et pourquoi être entré puisque qu'il était absent ?
Bien que stressé, Lourdin a réponse à tout :
— Le visiophone est parfois en panne et j'ai donc préféré vérifier en sonnant à sa porte. Maintenant, je vous prie de m'excuser mais mon emploi du temps est assez chargé.
— Je vous présente madame Valérie Matisson ! ajoute le capitaine. C'est une consœur. Vous vous connaissez, n'est-ce pas ?
— Mes hommages, madame. Nous nous sommes effectivement rencontrés dans le cadre du travail.
Puis, regardant sa montre :
— Là, je dois vraiment y aller.
Alors qu'il change son cartable de main pour appuyer sur le bouton de la porte d'entrée, Rousseau remarque l'aspect anormalement rebondi de la sacoche. Il lui saisit vigoureusement le bras et l'oblige à lâcher prise. Le cartable

tombe à terre en produisant un bruit métallique.

— Vous allez nous suivre chez madame Matisson, dit le capitaine.

— Je refuse d'être mêlé à une affaire qui ne me regarde pas, s'offusque l'embaumeur.

— Vous serez notre témoin, ajoute Rousseau. Nous nous apprêtons à procéder à la perquisition de son domicile.

— Je m'y oppose, fait Lourdin, de plus en plus mal à l'aise.

— Je crains que vous n'en ayez pas la possibilité. Suivez-nous !

Il l'invite à entrer dans l'ascenseur, à la suite de la suspecte, tandis que le reste du groupe emprunte l'escalier.

Devant la porte de Valérie Matisson Rousseau ordonne :

— Madame, ouvrez, s'il vous plaît !

Puis, se ravisant, il se tourne vers Guy Lourdin :

— Cher monsieur, à vous l'honneur ! Voulez-vous, s'il vous plaît, ouvrir cette porte avec votre propre trousseau ?

Offusqué, ce dernier réagit vivement :

— Mais je n'ai pas les clefs ! Pourquoi les aurais-je ?

— Ah ! Pardon ! s'excuse Rousseau. Dans ce cas, madame Matisson, allons-y !

Le petit groupe pénètre à l'intérieur de l'appartement.

— J'espère que vous n'allez pas mettre le bazar partout, se plaint l'embaumeuse en voyant les policiers ouvrir et fermer des placards.

— Ne vous inquiétez pas, la rassure le capitaine. Mes hommes ont l'habitude d'agir avec délicatesse. Asseyez-vous et patientez. Monsieur Lourdin, ne restez pas debout ! Venez donc vous installer à côté de votre collègue !

L'embaumeur prend place sur une chaise tout en

tenant son cartable sur les genoux. Il n'échange ni regard, ni parole avec la propriétaire des lieux. Tous deux se sentent observés par Gérard qui guette le moindre signe.

Le capitaine Rousseau presse la suspecte de faire des aveux tant qu'il en est encore temps mais elle se réfugie dans le mutisme. Lourdin fixe, quant à lui, le bout de ses chaussures. Le silence n'est rompu que par le glissement des tiroirs qu'on ouvre, qu'on referme, des livres et autres objets qu'on déplace, qu'on replace.

Enfin, les agents rendent compte à Rousseau, affichant l'air penaud des chasseurs revenant bredouilles d'une battue.

Valérie Matisson retrouve alors sa superbe. Elle bondit tel un coq sur ses ergots en exigeant des excuses.

Guy Lourdin en profite pour se mêler à la conversation. Il reproche à Rousseau et au lieutenant de l'avoir, sans motif, retenu contre son gré. Dans un élan d'excitation il se lève et fait tomber son cartable sur le carrelage.

Il pâlit et s'empresse de se baisser pour le récupérer mais Rousseau est plus rapide et l'envoie, d'un shoot digne d'un international de football, à l'autre bout de la pièce.

— Vous êtes fou ! s'indigne l'embaumeur en se déplaçant pour récupérer son bien. Quelle mouche vous a piqué ?

— Taisez-vous et ne bougez pas ! lui ordonne le capitaine.

Puis à l'agent le plus proche :

— Vous avez examiné le contenu de ce cartable ?

— Non, capitaine. Il...

— Eh bien ! ordonne-t-il, qu'attendez-vous ? Il fait partie de notre champ d'investigation.

Sans discuter, l'agent s'exécute en dépit des véhémentes protestations de Lourdin : « Vous n'avez pas le droit. Ce cartable m'appartient. Je l'avais avec moi. Je me plaindrai auprès du procureur. »

— Je suis désolé, monsieur ! réplique Rousseau non sans malice. Nous avons trouvé ce cartable par terre dans l'appartement. Je ne vois personne ici susceptible de prétendre le contraire. Maintenant, s'il vous appartient vraiment, je suis prêt à mentionner sur mon rapport que vous en revendiquez la propriété.

Pendant ce temps, l'agent en vide le contenu sur une table voisine. Il en extrait deux trousseaux de clés et des sachets remplis d'objets brillants.

— En voilà des choses intéressantes ! s'exclame le lieutenant Gérard. Ne serait-ce pas des bijoux ?

Valérie Matisson choisit cet instant pour intervenir :

— Vous en conviendrez, inspecteur, fait-elle en minaudant, les seuls objets insolites trouvés ici sont la propriété de ce monsieur et non la mienne. Je ne doute pas qu'il cherche à me confondre dans cette macabre affaire où je ne suis pour rien. Il prétend qu'il venait rendre visite à un ami. Je suis en droit de me demander s'il ne cherchait pas plutôt à s'introduire chez moi pour y cacher son butin et me faire accuser. Plus que jamais, j'exige des excuses et je vous prie de quitter les lieux immédiatement en embarquant cet individu avec vous.

Furieux, Lourdin se précipite sur elle et tente de l'étrangler.

— Garce ! Comment oses-tu ? Je tente de te sauver la mise et tu m'assassines ! Salope !

— Arrêtez immédiatement votre cinéma ! s'emporte Rousseau en les séparant. Vous vous expliquerez devant le juge. Avant de partir, je souhaite vérifier un dernier point.

Il se saisit des deux trousseaux et tente d'en introduire les clefs dans la serrure de la porte d'entrée. Après plusieurs essais infructueux, il crie victoire.

— Je ne vous demande pas, monsieur Lourdin, la nature exacte de vos relations avec madame Matisson. Je constate simplement que vous détenez les clefs de son appartement. Je suppose que c'est pour arroser les plantes lorsqu'elle est absente.

Commissariat central.
Valérie Matisson et Guy Lourdin sont placés en garde à vue. Leurs avocats sont en chemin. Les auditions mettent à jour toute l'organisation de leurs forfaits. Bien entendu, ils se chargent mutuellement pour minimiser leur propre responsabilité.

Au départ, ils étaient l'un et l'autre d'excellents professionnels. Leurs compétences avaient même quasiment supprimé la concurrence dans leur zone géographique. En toute confiance, les pompes funèbres leur confiaient des missions. Puis un jour l'idée germa dans leur esprit. Comment récupérer les petites fortunes de bijoux qui disparaissaient dans les cercueils – certaines familles insistant pour que leurs proches soient enterrés avec des objets de valeur ? Mais comment subtiliser ces objets en toute discrétion ?

Il leur vint alors à l'esprit que la cheville ouvrière de cette macabre activité ne pouvait être qu'un groupe de fossoyeurs. En quelques mois, ils rassemblèrent autour d'eux un véritable gang d'individus impécunieux et sans scrupules qui exécutaient leur forfait la nuit suivant l'enterrement quand le monument funéraire n'était pas encore définitivement scellé. Le butin était ensuite confié aux commanditaires qui écoulaient la marchandise auprès de bijoutiers receleurs. Le montant de la vente était finalement partagé entre tous les protagonistes suivant une clé de répartition précise qui tenait compte du rôle joué par chacun.

Il ne fut pas nécessaire de brusquer outre mesure Valérie Matisson et Guy Lourdin pour leur arracher des aveux. Les policiers trouvèrent également au domicile de ce dernier un petit carnet – véritable livre comptable – qui les intéressa beaucoup. Bien organisés, les deux protagonistes traitaient avec des chefs d'équipe, sortes de contremaîtres qui se chargeaient à leur tour de recruter les tâcherons pour effectuer la basse besogne. Et pour éviter que certains bijoux soient malencontreusement reconnus dans une vitrine, ils les transmettaient à des receleurs situés dans des zones éloignées du lieu du pillage. L'affaire dépassait les frontières. Mais il en allait différemment de certains autres objets qui étaient fondus et donc transformés.

Conscient du risque de perquisition, Lourdin était venu récupérer leur dernier butin qui était provisoirement caché dans l'appartement de sa complice pour l'emmener ailleurs. S'il n'avait pas emprunté l'ascenseur ce jour-là le gang des détrousseurs de cadavres poursuivrait encore ses ignobles forfaits.

Il restait néanmoins un petit mystère à éclaircir. Comment se faisait-il que les tentatives d'identification des coupables par Brandon Charpentier se soient soldées par un échec ? Gavroche n'avait en effet reconnu aucun de ceux qu'on lui avait présentés.

Chapitre 19
Commissariat central.

Lors des auditions, le contremaître d'une telle entreprise ne se contente pas de faire des aveux circonstanciés. Il prétend détenir des informations et tente de négocier un marché avec les policiers. Ce n'est pas pour apaiser sa conscience qu'il désire se confier. Loin de là !

— Écoutez ! Je suis actuellement en sursis. Je ne veux pas plonger et me retrouver en taule. J'ai un marché à vous proposer. Je sais quelque chose qui va vous faire bondir ! En échange…

— Tu te crois en Amérique ? ironise Verdeau. En France, la justice ne se négocie pas !

— Bon Dieu, je ne vous demande pas la Lune ! Avec mon tuyau, vous allez vous retrouver en première page des journaux ! Et moi, vous m'oubliez !

— On ne peut pas, lui rappelle le lieutenant Gérard. Vous savez bien que tout est enregistré.

— Mais ce que tu nous confieras sera dans ton dossier, ajoute le commandant et je suis sûr que le juge appréciera !

— Vous pouvez peut-être faire un effort, nom de Dieu ! Ce n'est pas sorcier ce que je vous demande ? Je souhaite seulement que vous minimisiez ma responsabilité et celle de mes copains.

— Reste poli, s'énerve Verdeau en remettant sa mèche en place. Accouche ! Après, on verra.

Après un long soupir, le contremaître accepte de parler.

— Cela s'est passé dans le cimetière de Châteauneuf-sur-Sarthe. Lourdin m'avait averti de l'enterrement d'un ex-député avec toutes ses breloques. Une affaire à ne pas manquer car...

— Passe sur les détails ! le presse Verdeau. On n'est pas là pour que tu nous vantes tes brigandages ! Tu nous dis ce qui nous intéresse et tu t'en tiens là. C'est clair ?

— Ne vous énervez pas ! reprend le fossoyeur. Comme vous le savez certainement – parce que tout le monde est allé un jour ou l'autre à un enterrement – quand les gens foutent le camp, nous, on recouvre provisoirement. C'est que le lendemain que le marbrier finit le travail et scelle la tombe.

— On sait, dit Verdeau, commençant à perdre patience. Continue !

— Donc, avec mes gars on arrive sur place et à côté il y a cette grille qui grince à cause du vent.

— Quelle grille ?

— La grille d'une chapelle. Nous, ça nous a fait une drôle d'impression. Alors j'y vais pour voir. J'entre et là, qu'est-ce que je sens sous mes pieds ?

Agacé, le commandant lève les yeux au ciel.

— La dalle bougeait ! s'exclame le conteur. Il devait y avoir eu un enterrement le matin mais sans intérêt puisque Lourdin n'en avait pas parlé. Mais je me dis : « Tant qu'à faire, autant y jeter un œil ! ».

— Bien sûr ! commente Verdeau. Pourquoi s'en faire ?

Profitons de l'opportunité qui se présente. Enfin... continue !

Provocateur, le fossoyeur réplique :

— Si on nous payait mieux aussi, on serait peut-être moins tenté...

— Ça suffit ! l'interrompt le policier. La suite !

— La chance c'est que c'était une plaque indépendante, très facile à soulever. En général, c'est une grosse dalle très lourde qui recouvre tous les cercueils...

— Abrège !

— Mais je vous explique comment c'est fait à l'intérieur. Est-ce que vous êtes déjà entré dans ces chapelles, vous ?

— Non, prétend faussement le lieutenant. Je me suis toujours demandé où on mettait les cercueils.

Le commandant lui lance un regard désapprobateur.

— Par terre ! sous des plaques, dit l'homme. Et là, une chance : c'était une seule plaque de la taille d'un cercueil. Une espèce de granito sur du métal... un truc vraiment bas de gamme. Mon impression c'est qui d'vait plus leur rester assez de fric après la construction de la chapelle sinon...

— On se fout de tes impressions, le coupe Verdeau.

— Donc je prends mon gros tournevis et hop je retire la plaque. Et là j'appelle les copains pour ouvrir le cercueil. Eh bien ! dedans... je vous préviens, ça va vous surprendre...

Le commissaire Machelles choisit ce moment pour passer le bout de son nez par la porte.

— Gérard, venez, s'il vous plaît !

Le lieutenant a une seconde d'hésitation mais comme le commandant ne le retient pas, il sort.

— Alors ? reprend Verdeau, qu'est-ce qu'il y avait dans le cercueil ?

Chapitre 20
Châteauneuf-sur-Sarthe.

Maître Chartier roule en direction de Châteauneuf-sur-Sarthe. À sa droite, assise sur le siège passager, Charlotte Bouron regarde droit devant elle. L'heure est grave : elle est convoquée par un juge pour assister à l'exhumation du corps de sa mère. Son frère Brice a reçu lui aussi une convocation mais a choisi, selon son habitude, de se défiler.

Cette décision du juge n'est nullement le fruit des démarches entreprises par l'avocat de Charlotte mais la conséquence d'une enquête judiciaire en cours dont les intéressés ignorent à peu près tout. L'ordonnance du magistrat n'est pas très explicite mais ils sont d'autant plus satisfaits que maître Chartier n'avait pas réussi à faire admettre la nécessité de cette exhumation pour les motifs invoqués par sa cliente. Pendant tout le trajet Charlotte garde les yeux fixés sur la route. La circulation est fluide. Seule la traversée de la place de la mairie se montre un peu délicate en raison du marché.

Devant le cimetière, deux agents sont en faction. L'un d'eux vérifie leur identité et les laisse passer. Le vent du nord fouette les visages. L'avocat et sa cliente empruntent l'allée principale tout en remontant le col de leur veste. De nombreux nuages encombrent le ciel.

À l'autre extrémité, un petit attroupement s'est formé devant la chapelle funéraire de la famille Bouron. Le juge, prescripteur de l'exhumation, s'avance à leur rencontre. Le commissaire Machelles et le lieutenant Gérard sont également présents.

Le policier sourit à la jeune femme :

— J'ai l'impression de vous avoir déjà rencontrée, dit-il.

— C'est bien possible, répond Charlotte dans un demi sourire. Excusez-moi mais je ne me souviens pas de vous.

Penaud, Gérard n'insiste pas.

Après avoir déclaré que les personnes attendues pour cette exhumation étaient arrivées, le juge ordonne son exécution. Deux terrassiers, mandatés par la justice, pénètrent dans la chapelle que le père de Charlotte avait fait édifier sur ses dernières économies. Avec d'infinies précautions, pour ne pas abîmer la pierre, ils déscellent la dalle portant le nom de Mélanie Bouron. Pendant ce temps le juge jette un œil pour s'assurer qu'il s'agit bien de la bonne personne, l'autre dalle étant gravée au nom du père.

Aidés d'un troisième homme, ils extraient le cercueil de son compartiment et le portent avec respect jusqu'au fourgon funéraire garé à proximité.

Troublée, Charlotte s'adresse à mi-voix à son avocat :

— Que va-t-il se passer maintenant ?

— Le cercueil va être transporté à l'institut médico-légal, chuchote le juriste. Son ouverture aura lieu devant le médecin légiste qui fera les premières constatations en notre présence. Ensuite, en fonction de ce qu'il remarquera, il approfondira son examen. Au besoin, il procèdera à une véritable autopsie.

Le fourgon étant prêt à partir, le juge propose à tous les témoins de le suivre jusqu'à la morgue.

Monastère de Messoles.
Verdeau et Rousseau roulent à bonne allure en direction de Messoles. Silencieux, ils laissent vagabonder leur esprit sur les affaires en cours.

Louis Porte est-il le vrai coupable ? Ils vont l'arrêter et le cuisiner ! Si c'est lui, il devrait rapidement flancher ! Son état ne l'a certainement pas préparé à un interrogatoire de police. ! Mais ils ne doivent pas non plus diriger sur lui tous les soupçons. D'autres, comme Lérisson, ne sont pas non plus très clairs ! Ce dernier serait bien capable de vouloir faire porter le chapeau à un autre. En plus à un prêtre ! Quelle aubaine !

Dans la tête des deux policiers, d'autres éléments se bousculent. Verdeau, agnostique, considère que tous les hommes sont à mettre sur un même pied d'égalité. Rousseau ne l'entend pas ainsi. Bien qu'il soit peu pratiquant, sa culture catholique est mise à mal. À ses yeux un prêtre est d'abord un homme de Dieu que sa vocation met à l'abri des vicissitudes bassement humaines. On lui a ordonné d'arrêter Louis Porte et il va donc obéir. Cependant, un membre du clergé est pour lui, a priori, innocent.

— Le devoir d'abord ! pense-il à haute voix.

— Que dis-tu ? demande le commandant sans relâcher son attention de la route qui défile et serpente à travers les champs et les prés de la douce campagne angevine.

— Rien ! marmonne le capitaine. Je pensais tout haut, c'est tout.

Institut médico-légal.

Les témoins sont regroupés dans une alcôve vitrée qui surplombe la salle d'examen de l'institut médico-légal.
Deux assistants du CHU dont l'institut dépend, procèdent à l'ouverture du cercueil. Près d'eux, le légiste termine d'enfiler sa blouse.
Dans l'alcôve, règne un silence absolu. La tension est palpable. Seuls le commissaire et le juge affichent une relative décontraction. Gérard pense en les observant qu'ils ont dû en voir de toutes sortes au cours de leur carrière.
Le couvercle est retiré.
La stupéfaction se lit immédiatement sur le visage du médecin. Il se penche pour vérifier qu'il n'est pas victime d'une hallucination puis se tourne vers les témoins.
Pour Charlotte, l'émotion est trop forte. Elle pousse un cri et s'évanouit. Gérard intervient juste à temps pour l'empêcher de tomber.
Le juge et le commissaire qui semblaient s'attendre à ce qu'ils découvrent n'en détournent pas moins la tête l'espace d'un moment.
Devant eux, gît une jeune femme, éventrée de façon indescriptible. Les chairs sont déchirées. Une odeur fétide s'en dégage qui oblige le médecin à se protéger avec un masque chirurgical.
Le corps est celui d'une inconnue d'une vingtaine d'années. Rien à voir avec la dépouille de la mère de Charlotte. La pauvre a été sauvagement mutilée et assassinée. À ses pieds : un linge fin et brodé, taché de sang.
— Pourquoi s'être ainsi acharné sur le ventre de cette femme ? s'exclame le médecin, pensif. Quelle boucherie !

Charlotte reprend progressivement ses esprits tandis que le lieutenant réprime la nausée qui monte en lui. Pendant ce temps le commissaire et le juge suivent les commentaires du légiste grâce à l'interphone branché sur l'alcôve.

— Le fossoyeur n'a donc pas menti ! conclut Machelles.

Quand les protagonistes se retrouvent dans le hall de l'institut, ils semblent abasourdis, ne sachant pas trop quoi dire. Enfin, le juge prend congé après s'être entretenu avec le commissaire. Ce dernier s'approche de Charlotte.

— Mademoiselle, il faut bien reconnaître que vous aviez raison de vous acharner, lui dit-il ! Même si ce n'est pas vous qui avez emporté la décision du juge les faits sont là : la dépouille de votre maman a disparu, ce qui donne du crédit à vos inquiétudes. De plus, nous trouvons à sa place le cadavre d'une inconnue. Nous voici maintenant face à deux énigmes qui n'en forment peut-être qu'une. Le juge nous confie les deux enquêtes. Nous vous tiendrons évidemment au courant du résultat de nos investigations.

Monastère de Messoles.

Les policiers chargés de la surveillance du monastère n'ont rien de particulier à signaler. Verdeau et Rousseau leur demandent de redoubler de vigilance avant de présenter au frère portier leur mandat d'amener.

Le moine n'émet aucune réserve et se contente de répondre qu'il va avertir frère Louis. Verdeau le rattrape.

— Je vous accompagne, dit-il. On ne sait jamais. L'oiseau pourrait s'envoler par je ne sais quel chemin de traverse qui ne serait pas un chemin de croix.

— Inspecteur, vous n'y pensez pas ! s'offusque le moine.

Vous êtes ici dans un monastère ! Pas dans un repaire de brigands! Je vous l'amène. Vous pouvez me faire confiance.

— Il a un peu raison, soutient Rousseau. On doit attendre ici.

— J'ai confiance en vous ! maugrée le commandant mais c'est de l'autre dont je me méfie !

L'attente commence. Comme toujours quand il est énervé Verdeau se passe la main dans les cheveux. De son côté, Rousseau relève les SMS sur son smartphone.

— Tu lis les messages de tes nanas ? ricane le commandant que la mauvaise humeur ne quitte pas. Tu as décroché un rencart pour ce soir ?

— Occupe-toi de tes oignons ! lui rétorque Rousseau en enfouissant son mobile dans une poche de son blouson. Je...

Il est interrompu par le retour du moine portier. Un vieux moine à la barbe grisonnante et au cheveu rare l'accompagne.

Le commandant s'avance vers lui.

— Vous êtes Louis Porte ?

— Non, répond le religieux en réajustant ses lunettes qu'une humidité naturelle de la peau a fait glisser jusqu'au bout de son nez. Je suis le père Guillaume, prieur de ce monastère. En cette qualité, je suis le chef spirituel de cette communauté et le protecteur de ses membres.

— Père Guillaume ! lance Verdeau sans respect. Que veut dire ce charabia ?

Rousseau sent que la conversation va déraper et pousse discrètement son équipier du coude pour l'inciter à plus de modération.

— Père Guillaume, reprend le commandant, nous avons

un mandat d'amener contre Louis Porte. Il doit être entendu dans le cadre d'une affaire pénale. Nous savons qu'il est ici. Allez-vous lui ordonner de nous suivre ou devons-nous employer la force ?

— Il n'est pas inscrit dans les règles de notre communauté que nous devons nous opposer à la justice… surtout la justice divine ! Cependant…

— Père Guillaume, insiste Verdeau, si votre bavardage est destiné à permettre à Porte de s'enfuir, c'est peine perdue ! Le monastère est cerné. Allez le chercher ou…

— Vous n'oseriez tout de même pas…

— Vous voulez une démonstration ? s'emporte le commandant.

Rousseau intervient pour calmer le jeu.

— Mon père, je sais que nous sommes ici dans une enceinte religieuse mais force doit rester à la loi. Pour la sérénité de ce lieu, je vous demande de vous soumettre.

— Le frère Louis Porte est ici en convalescence, dit le vieil homme. Il nous est arrivé très perturbé et a besoin du plus grand calme. Il est sous ma protection, vous comprenez ?

— Je comprends en effet, dit Rousseau mais il faut que vous incitiez le frère Porte à nous suivre sans se rebeller. Dans le cas contraire, nous serions malheureusement obligés d'employer la force ce qui nuirait fortement à votre congrégation. Sans parler que vous risqueriez vous aussi d'être mis en examen pour obstruction à la justice. Voyez les torts qui rejailliraient immanquablement sur votre communauté dont l'honorabilité dépasse largement les frontières de Messoles.

— Dieu vous bénisse, mon fils, conclut le père Guillaume en opinant de la tête.

Au moine portier :

— Allez chercher notre frère. Dîtes-lui bien que c'est un ordre et qu'il n'a rien à craindre puisqu'il est sous la protection du Seigneur.

Quelques minutes plus tard, le moine revient accompagné du suspect. À la différence des autres religieux, ce dernier porte un costume de ville noir dont le revers de la veste est orné d'une croix en métal argenté. Il se tient voûté, les yeux enfoncés au fond des orbites et le visage raviné par des nuits d'insomnie. Ses pas sont lourds comme si ses semelles étaient lestées de plomb.

— Vous êtes Louis Porte ? s'enquiert le commandant en fronçant les sourcils.

— Oui ! répond le suspect d'une voix à peine perceptible.

— Nous avons un mandat d'amener contre vous. Nous devons vous entendre dans une affaire pénale. Cet interrogatoire aura lieu à Angers. Si vous acceptez de nous suivre de votre plein gré, nous ne vous mettrons pas les menottes, dans le cas contraire…

Le suspect approuve d'un simple signe de la tête. Se tournant alors humblement vers son supérieur il lui demande de le bénir avant son départ.

— Que Dieu lui vienne en aide ! murmure le vieux moine en le regardant partir entre les deux officiers.

Chapitre 21
À l'évêché.

Monseigneur Larose dicte du courrier à un jeune diacre quand on frappe à sa porte avec insistance.
— Entrez ! clame-t-il, énervé d'être dérangé dans son travail.
Monsieur le vicaire général entre en trombe dans la pièce. Comprenant à son air surexcité qu'il souhaite l'entretenir d'un sujet grave et urgent, l'évêque congédie aussitôt son secrétaire.
— Que se passe-t-il encore, mon ami ? Calmez-vous, je vous prie ! Vous risquez une crise d'apoplexie !
Le diacre s'active lentement pour rassembler ses affaires, espérant sans doute apprendre ce qui met le vicaire dans cet état d'affolement. Monseigneur Larose s'en aperçoit et lui ordonne de disparaître sur le champ.
— Vous reviendrez chercher vos papiers un peu plus tard lorsque j'en aurai fini avec monsieur le vicaire général, ajoute-t-il. D'ailleurs, j'ai d'autres lettres à vous dicter. Restez donc à proximité afin que je puisse vous rappeler le moment venu.
Le secrétaire opine du chef et se précipite vers la sortie.

— Maintenant que nous sommes seuls, dîtes-moi ce qu'il vous arrive !

Le vicaire général prend place. Sa respiration devient moins haletante et sa voix s'affermit.

— Monseigneur, déclare-t-il, ils sont venus l'arrêter. Quel drame et quel scandale !

— De quoi parlez-vous ? Je ne comprends rien ! répond monseigneur Larose calmement.

— La police est venue l'arrêter ! s'énerve le visiteur. Vous comprenez ? La police !

— Mais qui a-t-elle arrêté pour provoquer en vous un tel effroi ?

— Le frère Louis Porte. Vous voyez, Monseigneur, le retirer de sa paroisse ne suffisait pas, d'autant que le monastère de Messoles n'est pas le bout du monde.

— Mon Dieu ! s'exclame soudain l'évêque en prenant le ciel à témoin.

— Monseigneur, que devons-nous faire ?

— Mon Dieu ! Mon Dieu ! se contente de répéter monseigneur Larose, conscient de son impuissance.

— Je me permets d'insister : est-il coupable d'un acte grave ? demande le vicaire général.

Le visage devenu blême, l'évêque murmure :

— Je ne puis ! Je ne puis, mon ami ! Comprenez-moi ! Qu'il vous suffise de savoir qu'il est moins coupable devant Dieu qu'il ne risque de l'être devant les hommes et que Notre-Seigneur lui a déjà pardonné et infligé une sévère pénitence.

— En attendant, nos affaires ici-bas ne vont pas s'améliorer ! soupire le vicaire général qui n'a pas cessé tout au long de cet entretien de s'éponger le front.

Chapitre 22
Commissariat central.

Le commissaire Machelles affiche l'air grave des mauvais jours. Il interpelle ses enquêteurs :
— Les gars, il faut que vous mettiez le turbo ! Les mystères s'accumulent ! Sans compter la disparition de Paule Pichet. Nous sommes maintenant face à un meurtre, celui de la jeune inconnue. Et peut-être deux. La disparition de la dépouille de madame Bouron n'annonce rien de bon ! Et dire que sans ce salopard de détrousseur de cadavres on ne saurait toujours rien. Ces assassins ont bien monté leur coup. Tout était prévu pour que leurs forfaits restent à jamais impunis. Ils ont failli réussir !

Il avale une énième pastille anti-tabac et chausse ses lunettes pour consulter des fiches. Verdeau en profite pour intervenir :
— Patron ! Après recoupement avec une photo de notre dossier et reconnaissance par ses parents, la victime n'est plus une inconnue : c'est le cadavre de Paule Pichet.
— Désormais, nous enquêtons sur un meurtre, ajoute Rousseau.
— Nous avons deux suspects sérieux entre les mains,

reprend Verdeau, et je peux vous garantir qu'ils vont parler. Pour l'instant le curé est muet, mais il ne va pas le rester longtemps. Ce n'est pas un sérial killer. C'est un prêtre. Si c'est lui le coupable, il va parler. Quant à l'autre, nous ne le lâchons pas pour autant. Je pense que si nous résolvons l'affaire Pichet, l'affaire Bouron se résoudra d'elle-même.

— Je ne suis pas aussi optimiste que vous, commente Machelles.

Tout en échangeant des avis, les policiers examinent les photos prises par le légiste. L'une d'elles retient l'attention du capitaine.

— C'est curieux, fait-il. Ce morceau de tissu trouvé aux pieds de la victime me rappelle quelque chose. J'ai déjà vu ça, mais où ? Le labo l'a-t-il examiné ? A-t-on reçu le rapport ?

Machelles se penche à nouveau sur les fiches posées devant lui.

— Ce serait un coton fin et ajouré de broderies. Le labo signale des traces d'humidité et de boswellia, dit-il.

— Boswellia ? répète Gérard. Qu'est-ce-que c'est ?

— Si ça se trouve, c'est du pissenlit, réplique Machelles. Ces messieurs-dames les scientifiques aiment bien nous abreuver de leur savoir sous prétexte d'appeler les choses par leur nom.

Les policiers apprécient son trait d'humour.

— Bon, assez parlé, fait-il, et au travail ! Verdeau et Rousseau, vous me tirez les vers du nez de Porte, mais n'oubliez pas non plus les autres pistes : Lérisson et la Mahieux. Si j'ai bien compris la Mahieux ne vous plaît pas beaucoup. Gérard, vous prenez en main l'affaire Bouron car vous en savez autant que moi sur le sujet. En plus, vous connaissez la fille. Ceci étant, je veux un travail d'équipe. Vous recoupez vos informations les uns avec les autres et vous me tenez au courant heure par heure du résultat de vos investigations.

Les enquêteurs se dispersent. Machelles rappelle Gérard.

— Je crains que vous ne soyez amené à enquêter dans le milieu médical. Milieu sensible. Je vous conseille donc d'avancer avec prudence et discrétion mais sans oublier votre objectif.

Verdeau revient sur ses pas.

— Et le fossoyeur qui nous a rencardés, patron ? Jusqu'à maintenant, on le gardait au chaud ! Qu'est-ce qu'on en fait ?

— Vous le déférez au procureur, comme les autres. Un petit séjour en taule ne lui fera pas de mal mais laissons le soin au juge d'aviser si ce monsieur mérite un traitement de faveur !

Chapitre 23
Commissariat central.

Convaincu que les membres de la famille Bouron détiennent des informations susceptibles d'accélérer son enquête, le lieutenant Gérard les a convoqués. La présence de Charlotte, qui a toujours émis des doutes quant aux véritables circonstances du décès de sa mère, est indispensable, tout comme celle de Brice et de Bertille qui ont vécu les derniers jours de la défunte.

Selon son habitude, le frère de Charlotte a tenté de se défiler et il a fallu toute la force de persuasion de Gérard pour convaincre le couple de se déplacer. Profondément choqué par cette attitude, le policier s'est même demandé s'ils n'avaient pas quelque chose à se reprocher. Heureusement pour eux, ils sont là.

Les ayant réunis dans la salle des auditions, le policier entre immédiatement dans le vif du sujet. Il s'adresse d'emblée à Brice et Bertille. En toute logique, c'est d'eux qu'il attend le plus de renseignements, Charlotte étant absente au moment du décès.

— Que s'est-il passé avant cette hospitalisation ? demande le lieutenant en guettant les réactions de ses interlocuteurs.

— Maman, qui se plaignait depuis un certain temps de douleurs dans les jambes, a fini par consulter à la clinique Marguerite, commence Brice.
— Pourquoi une clinique et pourquoi celle-ci ? interroge le policier. N'avait-elle pas de médecin traitant ?
— Elle prétendait que les médecins de ville ne sont bons qu'à distribuer des cachets d'aspirine, réplique Charlotte dont le sourire gêné tend à excuser l'attitude de sa mère. Et puis, cette clinique était proche de son domicile !
— Bon ! opine Gérard en lui rendant son sourire. Laissons-lui la responsabilité de ses propos.
Se tournant vers Brice :
— Allez-y ! Racontez-moi !
— Maman avait pris rendez-vous avec un spécialiste. Enfin, je ne sais plus comment on les appelle.
— Probablement un phlébologue, souffle Gérard.
— Oui, c'est cela, confirme Bertille.
— Ensuite ? l'encourage Gérard.
— Elle est revenue de cette consultation rassurée. Il n'avait rien trouvé de grave, juste un problème de circulation comme en ont beaucoup de personnes de son âge.
— C'est donc pour une autre raison qu'elle a été hospitalisée ? Une complication, je suppose ? s'enquiert le policier, le regard toujours braqué sur Brice et Bertille.
— On ne sait pas ! reconnaît Brice un peu honteux, mais quelques jours plus tard elle recevait un appel de la clinique la persuadant de venir le plus tôt possible.
— Un médecin qui prend la peine de rappeler un patient, voilà bien de la conscience professionnelle ! fait Gérard, ironique.
— Ils prétendaient avoir trouvé quelque chose d'inquié-

tant dans ses analyses de sang, précise le frère de Charlotte. Je n'en sais pas plus.

— Ils l'auraient hospitalisée sans fournir d'autres précisions ? s'étonne Gérard de plus en plus perplexe. Et vous n'en avez pas demandé ?

— On n'a jamais vraiment pu leur parler, sanglote Brice en baissant la tête. Ils nous ont téléphoné de la clinique pour nous dire que ma mère devait rester en observation. Qu'est-ce qu'on pouvait faire ?

— C'est vrai ! confirme Bertille, soucieuse de venir en aide à son mari.

— Vous n'êtes pas allés la voir ? s'offusque Charlotte, intervenant à son tour.

— Bien sûr que si ! se défendent-ils en chœur.

— Et alors ? comment était-elle ? reprend Gérard.

— Le premier jour, poursuit Brice, elle était si fatiguée qu'elle pouvait à peine parler mais nous avons cru comprendre qu'elle avait subi plusieurs examens.

— Pour des douleurs aux jambes ! s'exclame Gérard, abasourdi. Et vous n'avez pas essayé de rencontrer le chef de service ?

— Si, mais il était trop occupé pour nous recevoir.

— Ensuite ?

— Nous sommes retournés le lendemain après le travail, mais comme ils l'avaient transférée dans une chambre stérile on n'a pas pu l'approcher. Cette fois-ci, par contre, le médecin a pris le temps de nous expliquer qu'elle avait eu une complication cardiaque et que c'était la raison pour laquelle ils l'avaient placée en soins intensifs.

— Vous n'avez pas insisté pour avoir plus d'explications ?

— Et tu ne t'es pas posé de questions ? s'emporte Charlotte. Tu sais bien que maman n'avait pas de problèmes cardiaques !

— Bien sûr que j'ai posé des questions, plaide Brice mollement, mais le médecin nous a servi un discours incompréhensible avant de nous quitter en prétextant une urgence.

— Et le lendemain ? questionne Gérard en vérifiant le bon fonctionnement du dictaphone posé devant eux.

— Elle était morte ! annonce en pleurnichant le frère de la jeune femme. Le médecin nous a parlé d'une nouvelle complication cardiaque impossible à déceler.

— On vous a fait reconnaître la dépouille ?

— Oui, brièvement mais ils n'ont pas voulu que nous approchions pour des questions d'hygiène.

— Ah bon ! commente Gérard, de plus en plus surpris. Et vous n'avez rien dit ?

— C'est que…, bafouille Bertille en se tordant les mains, ils ont été si gentils avec nous ! Quand ils ont vu notre désarroi ils se sont proposés pour effectuer toutes les démarches : la déclaration du décès, l'organisation de l'enterrement…

— Il n'y a pas eu des papiers à signer ? questionne Charlotte.

Devant le silence de son frère, elle persiste :

— Ils t'ont fait signer tous les papiers pour tout faire à ta place, c'est ça ?

Piteux, Brice opine du chef.

— Depuis l'entrée de votre mère à la clinique jusqu'à l'inhumation, ils ont pu faire ce qu'ils voulaient sans aucun contrôle de votre part, conclut Gérard. Et le jour de l'enterrement, vous étiez présents tous les deux ?

— Oui, bien sûr ! affirme le couple d'une même voix, vexé qu'on ait pu imaginer l'inverse.

— C'était un enterrement tout simple, ajoute le mari. Nous n'avons pas beaucoup d'argent.

— Vous n'avez pas assisté à la fermeture du cercueil ? s'inquiète le policier.

— Non, répondent-ils en chœur, un peu honteux.

— Que n'ai-je été là ! soupire Charlotte en fixant rageusement son frère.

— Cela n'aurait peut-être rien changé, temporise le policier. En tous cas, avec ce que nous savons maintenant, il est à peu près certain qu'il se passe des choses anormales dans cette clinique. C'est donc là que je vais me rendre en priorité. De votre côté, si le moindre souvenir vous revient en mémoire faites m'en part sans tarder. Un détail qui vous paraîtrait futile peut se révéler très utile pour l'enquête.

Au moment de les raccompagner vers la sortie, Gérard retient la main de Charlotte dans la sienne :

— Finalement, ajoute-t-il, nous n'avons aucune preuve que votre maman soit vraiment décédée. Sa dépouille n'a peut-être jamais été placée dans le cercueil où nous avons trouvé la jeune inconnue.

— Maman ne serait pas morte ? fait Charlotte, troublée.

— Je ne voudrais pas vous laisser de vains espoirs. Néanmoins, à part un certificat de décès rédigé par cette clinique...

— Mais dans quel but, monsieur ? Dans quel but ? Et où serait-elle ?

— Faites-moi confiance. Je vais mettre tout en œuvre pour découvrir la vérité !

Domicile du grand maître des Disciples de Hadès.

On sonne à la porte. Melchior Balthazar ouvre. Un visiteur au sourire engageant s'avance. Melchior Balthazar lui serre vigoureusement la main.

— Bonjour Melchior ! Comment vas-tu ? Quand nous sommes entre nous, est-ce que je peux t'appeler par ton véritable prénom ?

— Non, je ne le souhaite pas car ça pourrait t'échapper devant les autres.

— Mais quel rapport entre ce pseudo qui fait penser aux rois mages, et Hadès le dieu des enfers ?

— Aucun en apparence, mais qui nous dit qu'un envoyé de l'enfer n'est pas venu adorer le Christ dans la crèche ? Ce serait pas mal de le démontrer, avoue-le !

— On peut toujours fabuler !

— En tout cas ça fait plus sérieux que mon nom d'état-civil. En plus, j'ai réussi à faire inscrire ce pseudo sur ma carte d'identité, alors…

Melchior fait entrer son hôte dans son salon.

— Veux-tu boire un verre ? lui propose-t-il.

Le nouveau venu aperçoit sur la grande table ovale un énorme ouvrage aux pages illustrées de dessins ésotériques. De part et d'autre, sur des feuillets épars, sont griffonnées des notes manuscrites. Le visiteur les observe avec un certain intérêt.

— Je consulte le Codex Gigas, confie Melchior pour assouvir la curiosité du regard interrogateur.

— Le Gigas ? répète le visiteur. La bible du diable ?

— Précisément.

— Ce livre vieux de plusieurs siècles ? Mais… attends,

je ne comprends pas. Comment est-ce possible ?

Il revient aussitôt à la charge.

— Permets-moi d'en douter, reprend-t-il. J'ai toujours entendu dire que ce grimoire était sous bonne garde dans un musée de Stockholm ! Tu n'es quand même pas allé là-bas pour y faire un casse ? D'ailleurs, on en aurait parlé dans les journaux !

— Pas forcément, mon cher ! Ce livre est tellement sulfureux qu'on aurait pu préférer en taire le vol !

— Dis-moi plutôt la vérité !

— Il ne s'agit effectivement que d'une copie réalisée à partir de fichiers numérisés. Franchement, je ne voudrais à aucun prix détenir l'original même si on m'en faisait cadeau. Quand on pense à tous les malheurs endurés par ses propriétaires successifs !

— C'est vrai. De plus, si on se réfère à la légende – qui n'en est peut-être pas une – n'aurait-il pas été rédigé par un moine sous la dictée de messire Diable lui-même ?

— On le dit !

— Et tu arrives à comprendre ? demande le disciple de plus en plus captivé. Il doit être écrit dans un jargon germano-tchèque ou quelque chose d'approchant ?

— Non point ! infirme Melchior. Elle est écrite en vieux latin et je m'en tire assez bien pour ce que j'ai à en faire.

— Finalement, avoir en son temps choisi les langues mortes comme option ça peut servir…

— Et deux années de séminaire, ajoute Melchior Balthazar.

— Qui veux-tu encore éblouir avec ces mystérieux textes ?

— Tu sais que je ne peux me résoudre à être monsieur n'importe qui. Comprendre ce que messire Diable nous a indirectement transmis à l'aide d'une encre fabriquée à partir d'insectes écrasés... Ce n'est pas banal et je peux certainement en recueillir une aura encore plus prestigieuse auprès de nos fidèles.

— Et ainsi les éblouir plus facilement ! Attention Melchior ! Nous avons déjà failli...

Le maître l'interrompt :

— Positive au lieu de te lamenter. Nous ne faisons rien d'illégal !

— Ce n'est pas vraiment de cela que j'ai peur ! Cependant, tu n'es pas sans ignorer l'affaire du cimetière de Châteauneuf ? Tous les journaux en parlent.

— En quoi cela nous concerne-t-il ? demande Melchior. Je te sens inquiet.

— On le serait à moins. Ne risque-t-on pas une inculpation si ces messieurs qui sont censés représenter la loi remontent jusqu'à nous ?

— Du calme ! Ce que nous faisons ? Des broutilles ! Tu te rends malade pour rien !

— Tu en as de bonnes, Melchior. Tu appelles ça des broutilles ? Nous allons peut-être parfois un peu loin. Est-ce bien raisonnable de... ?

— Bien sûr ! le réconforte le maître en ouvrant la porte de son meuble-bar. Un verre de porto ?

— Il n'empêche que...

— Bois ce délicieux breuvage. Il te fera le plus grand bien.

Jouant avec ses doigts sur le verre, le visiteur semble plus circonspect que son hôte.

— Ne crains rien, ajoute Melchior. Tu peux aller en paix. Tant que celui qui nous protège nous marque son affection, il ne peut rien nous arriver.

— Tu y crois vraiment ?

Commissariat central.

Le capitaine Rousseau se précipite dans le bureau du commandant Verdeau sans prendre la peine de frapper. Il surprend son collègue en train d'envoyer des baisers à travers son smartphone. Ce dernier interrompt brusquement la communication et enfouit son mobile dans une de ses poches.

— Tu pourrais frapper avant d'entrer ! rouspète-t-il, vexé d'avoir été surpris en pleine conversation téléphonique amoureuse. J'espère que tu ne me déranges pas pour une bricole !

— Encore avec une de tes conquêtes internet qui t'enfume avec des photos truquées ! réplique le capitaine, faisant allusion à l'une des dernières aventures de son collègue.

— Arrête avec tes sarcasmes ! enchaîne Verdeau. Alors, qu'as-tu de si urgent à me dire ?

— Le labo a réussi à dégoter un peu d'ADN sur le linge qui tapissait le fond du cercueil. Et il se trouve que c'est un morceau de surplis. Tu te souviens, je te disais qu'il me rappelait quelque chose.

— Surplis ? répète sans comprendre le commandant.

— Oui, cher collègue. Un surplis est un vêtement sacerdotal dont se revêtent les prêtres catholiques à l'occasion de certaines cérémonies. C'est pour cela que ça me disait quelque chose. Petit, j'ai été enfant de chœur dans ma paroisse.

— À part le fait que j'ai toujours trouvé que tu avais une gueule de séminariste, cette trouvaille va plutôt dans le sens actuel de notre histoire, le félicite Verdeau. Notre suspect numéro un est bien le prêtre !

— Attends ! Ce n'est pas tout. Ils m'ont dit ce qu'est le boswellia !
— Et alors ?
— C'est de l'encens !
— Parfait. Tout concorde. L'abbé n'a plus qu'à se mettre à table !
— Absolument. Autre point : l'ADN sur le linge n'est pas celui de Paule Pichet.
— Je sens que notre affaire va maintenant avancer à grands pas ! se réjouit le commandant en se levant. Nous allons proposer à nos deux principaux suspects un test ADN. S'ils refusent, ce sera un mauvais point pour eux. On va commencer par Porte puisque nous l'avons sous la main.

Chapitre 24
Quelques minutes plus tard, même bureau.

Le commissaire est penché sur les photos du cadavre de Paule Pichet éparpillées devant lui.

— Je crois que vous avez mis dans le mille avec votre curé, s'exclame-t-il, et j'ajouterai que ça sert d'avoir été enfant de chœur.

— Ah bon ! s'étonne le commandant. Vous aussi ?

— Eh oui ! confirme le commissaire, narquois. Bien sûr, ce n'était pas hier ! Mais cela me vaudra peut-être d'aller au ciel plus vite que vous.

L'air convenu, Rousseau se garde de tout commentaire.

— Regardez de plus près, leur ordonne Machelles en montrant la photo du linge trouvé dans le fond du cercueil. Vous savez ce que c'est ?

— Bien sûr qu'on sait ! fait Verdeau avec assurance. C'est du surplis !

— C'est cela ! J'en mettrais ma main au feu. Le filet se resserre autour de notre homme.

Le commissaire est également mis au courant des tests ADN envisagés et les approuve, persuadé qu'ils permettront de confondre le prêtre.

— Autre chose, dit-il. On surveille toujours les cimetières de la région et on vient d'arrêter un nécrophile.

— Ces types-là sont des détraqués, déclare Verdeau avec une moue de dégoût. Qu'est-ce-que vous voulez qu'on en fasse ? Ils sont pires que ces sectes qui...

— Il semble avoir fréquenté le cimetière de Châteauneuf, l'interrompt Machelles. Il a pu, comme Brandon Charpentier, être le témoin de certains agissements. Bousculez-le ! Quant aux sectes, ne laissez pas tomber l'enquête tant que nous n'avons pas tout éclairci.

— Vous croyez que le témoignage d'un pervers-nécrophile peut être crédible ? interroge Rousseau, circonspect. Il est capable de raconter n'importe quoi pour revivre ses fantasmes.

— On ne sait jamais ! plaide le commissaire. Si ce qu'il rapporte corrobore d'autres informations, ça peut nous aider à avancer plus vite. Il peut vouloir acheter notre mansuétude contre un renseignement que lui seul est en mesure de nous fournir. Allez, les gars ! Bougez-vous !

À la clinique Marguerite.
Pendant ce temps, Gérard travaille toujours à élucider le mystère Bouron. Doublement motivé par sa conscience professionnelle et par le désir de plaire à la jolie Charlotte, il n'économise pas ses efforts mais pense, contrairement à ses collègues, que les affaires Paule Pichet et Mélanie Bouron ne sont pas liées. Alors que la première est probablement l'œuvre d'un tueur fou sanguinaire, la seconde semble ne mettre en cause que le milieu médical. Il en déduit que les aveux du coupable du meurtre de Paule Pichet ne dévoileront aucun élément nouveau pour son enquête.

C'est donc à la clinique Marguerite qu'il se rend pour commencer son investigation. Après tout, c'est de là que sont partis les soupçons. Quelle stratégie adopter ? Il peut demander au juge un mandat de perquisition, mais sur quelle base ? Il peut tenter d'obtenir une simple réquisition au motif que l'établissement a refusé de communiquer le dossier médical à Charlotte, mais il risquerait alors d'attirer l'attention des responsables et leur permettre de faire disparaître des preuves.

Il prend finalement le parti de s'introduire dans les lieux incognito, espérant pouvoir fouiner suffisamment pour découvrir des indices. Et même s'il ne connaît rien au milieu médical et à la médecine, il ne doute pas trouver un dossier ou un fichier informatique compromettant. Sur ce dernier point il a pu vérifier avec un spécialiste de la police scientifique que leur système était parfaitement sécurisé.

Il se rend sur les lieux avec sa voiture personnelle pour plus de discrétion. Une casquette à longue visière et des lunettes noires lui mangent la moitié du visage. Il veut ainsi éviter d'être reconnu lors de visites professionnelles ultérieures. Il franchit le seuil et passe devant l'accueil avec assurance.

Il traverse une première salle d'attente où les patients sont soit immobiles comme des statues, le regard dans le vague, soit hypnotisés par l'écran de leur mobile ou de leur tablette.

Les cabinets de consultation se suivent en enfilade.

Il longe une série de bureaux d'où lui parviennent des bribes de conversation. C'est là que sont classés les dossiers, pense-t-il, mais comment s'y introduire en pleine journée ? Impossible. Il dédaigne les ascenseurs qui terminent ce secteur, leur préférant les escaliers. Il atteint le palier du premier étage et débouche sur un couloir desservant, selon toute vraisemblance, des chambres de patients. Pour s'en persuader, il frappe à une porte au hasard et l'ouvre sans attendre de réponse. Un homme en pyjama est assis sur le bord d'un lit, montrant des radios à une dame relativement âgée installée dans un fauteuil. Le policier s'excuse et referme la porte. Dans un renfoncement, il aperçoit une porte vitrée et pense qu'il s'agit de la salle des infirmières qui ont dû s'absenter pour administrer des soins. Et s'il en profitait pour y jeter un œil ? Sans doute y trouvera-t-il un ordinateur.

Il pousse discrètement la porte et se retrouve face à trois jeunes femmes en blouse blanche. L'une d'elle savoure une tasse de café. La seconde se recoiffe devant une armoire dont le miroir lui renvoie son image. La troisième est absorbée dans un travail de saisie informatique. Sur le tableau des chambres, plusieurs petites lumières rouges clignotent sans les alarmer pour autant.

— Qui cherchez-vous, monsieur ? lui demande celle qui est en service.

— Rien, bégaie le policier. Je me suis simplement trompé de porte.

Le lieutenant bat en retraite, considérant qu'il s'est fait suffisamment remarquer pour la journée. Continuer ses repérages risquerait de trop attirer l'attention sur lui. Il reviendra une autre fois et à un horaire différent pour éviter de rencontrer le même personnel.

Chapitre 25
Commissariat central.

Le commandant Verdeau procède à l'interrogatoire de Louis Porte dont les yeux cernés trahissent des nuits sans sommeil.
Il lui demande de décliner son identité puis le questionne sans détours. Le désarroi s'empare du religieux. Aguerri à ce genre de tâche, Verdeau pense parvenir à déstabiliser rapidement le suspect et lui faire avouer l'inavouable. Aussi, éparpille-t-il devant lui des photos de la victime et lui demande-t-il de les regarder. Le prêtre blêmit et se cache le visage dans les mains.
— Examinez bien ces photos au lieu de vous cacher ainsi comme une autruche, ordonne le commandant. Voyez dans quel état ce monstre l'a mise ! Connaissiez-vous cette jeune fille ?
Le prêtre reste muet.
— C'est pour la forme que je vous demande si vous la connaissiez, indique le policier, car nous savons que vous avez tout fait pour que votre relation demeure secrète. Votre intérêt est maintenant de parler !
Mais Louis Porte ne se départ pas de son mutisme.

Verdeau enfonce le clou :

— Évidemment, cette situation compromettait votre vocation, mais de là à en arriver au meurtre ! Il y a plus d'un pas que vous n'avez cependant pas hésité à franchir. Je vous conseille de parler. Votre silence aggrave votre cas.

— Je n'ai rien à dire ! déclare soudain Louis Porte.

— Oh que si ! s'emporte Verdeau. Je suis bien persuadé du contraire. D'ailleurs, nous avons des témoins qui vous chargent.

— Chacun, en ce bas monde, porte sa croix ! marmonne le prêtre. La mienne est déjà lourde et il n'est pas impossible que certains se plaisent à l'alourdir encore !

— Bon ! s'énerve Verdeau. Votre cinéma, ça suffit ! Puisque vous ne voulez pas parler nous allons vous y forcer. Votre affaire n'est pas un simple délit. Il y a eu meurtre ! Probablement même deux ! Vous êtes dans de sales draps !

— Je ne crains pas la justice des hommes. Je n'ai rien fait qui puisse m'attirer son courroux !

— À d'autres, l'abbé ! Une femme morte éventrée ! Ce n'est pas arrivé tout seul, avec la bénédiction du Saint-Esprit… pour reprendre votre jargon. Contemplez le soleil pendant qu'il en est encore temps car vous n'êtes pas prêt de le revoir !

— Je ne crains que la justice de Dieu. Il est seul à pouvoir lire au fond de nos cœurs. Seule cette justice-là m'importe, articule le curé en joignant les mains.

— Je dois vous préciser qu'à partir de cet instant, vous êtes en garde à vue. Vous pouvez donc vous faire assister par un avocat de votre choix. Dans le cas contraire, il vous en sera commis un d'office.

— N'ayant rien à me reprocher par rapport à ma foi, je ne

vois pas l'utilité de déranger une personne pour m'assister.
— Puisqu'il en est ainsi, nous allons effectuer un prélèvement salivaire afin de rechercher votre ADN. Y voyez-vous une objection ?
— Pourquoi faire ? demande Louis Porte, inquiet.
— Pour le comparer aux caractéristiques de ceux retrouvés dans le cercueil. En particulier, sur un morceau de surplis !
Le prêtre pâlit, baisse la tête et se signe :
— À la grâce de Dieu !

À l'évêché.
Le vicaire général se précipite dans le bureau de son supérieur. Essoufflé, il se laisse tomber dans un fauteuil sans attendre d'y être invité.
— Il est en garde à vue ! annonce-t-il, catastrophé.
— De qui parlez-vous ? s'enquiert Monseigneur Larose, un peu contrarié.
— Du frère Louis Porte, bien sûr ! La police ne met pas n'importe qui en garde à vue. Elle a donc trouvé des indices compromettants, voire des preuves contre lui ! Une mise en examen va suivre !
— Mon Dieu ! Mon Dieu ! gémit l'évêque en levant les bras vers le ciel. Nous ne pouvons plus rien. Qu'il en soit fait selon la volonté de Notre Seigneur.
— Ne pouvons-nous pas faire intervenir le cardinal Mouget auprès du ministre pour éviter le scandale ? Comment s'appelle-t-il déjà ?
— Je vais l'appeler mais je crains qu'il ne soit trop tard. Et puis le cas de notre frère dépasse le genre de service qu'on peut demander à un ami.
— Nous aurions dû l'envoyer à l'autre bout du monde.

Au fond de l'Afrique ou de l'Asie, ils ne l'auraient jamais retrouvé ! regrette amèrement le vicaire général.

À la clinique Marguerite.
Avant de quitter l'établissement hospitalier Gérard a quand même tenu à monter jusqu'au dernier étage.
Pour l'instant, il n'a rien décelé de suspect. Malgré tout, il ne désespère pas. Ce niveau semble dédié à des usages techniques. Pas de chambres de patients, pas de salles d'infirmerie. Rien que des pièces dont certaines sont fermées à clef, ce qui attire son attention. En effet, si des activités déontologiquement répréhensibles sont réalisées dans cette clinique, ce sera forcément dans des locaux non ouverts au public.
Il faut que je rentre ici, se dit-il, mais comment faire? Je ne vais tout de même pas jouer les perceurs de coffres-forts !
Il insiste et branle les poignées les unes après les autres. Rien à faire. Aucune serrure ne cède. Il connaît bien des astuces de cambrioleur mais, en sa qualité de policier, il répugne à les employer.
— Et puis, tant pis, souffle-t-il. Je le fais pour la justice.
Il extrait de son portefeuille une carte de fidélité plastifiée et la glisse entre le chambranle et le pêne. Plusieurs essais se révèlent infructueux jusqu'à ce qu'il entende un déclic encourageant. Il tourne la poignée et la porte s'ouvre sans opposer la moindre résistance.
Il prête l'oreille et pénètre à l'intérieur en refermant derrière lui. Des rais de lumière en provenance des persiennes éclairent la pièce d'une clarté blafarde. L'atmosphère est chargée de vapeur d'éther. Il pose son mouchoir sur son visage pour se protéger et presse l'interrupteur.

La lumière jaillit. Un regard circulaire lui permet de comprendre qu'il se trouve dans une chambre de malade. Un corps gît sur un lit, un goutte-à-goutte fixé sur un bras.

Le policier songe à rebrousser chemin au plus vite, se demandant ce que signifie la présence d'un malade dans une pièce fermée à clef, isolée des autres chambres, sans la présence rassurante d'une infirmière. Toucherait-il au but ?

Quel comportement doit-il adopter ? Il peut renoncer à ses investigations pour alerter sa hiérarchie et revenir ensuite avec des renforts et un mandat officiel. D'un autre côté, le moribond a probablement besoin d'être secouru de toute urgence. Dans ce cas, il n'y a pas une minute à perdre. Il s'approche sans bruit en retenant sa respiration. Le drap recouvre le visage de l'inconnu. Serait-il mort ? se demande Gérard. Il se penche au-dessus du corps mais ne perçoit aucun mouvement respiratoire. Il décide d'en avoir le cœur net. Il a du mal à maitriser un début de tremblement de ses mains. Avec précaution il retire ce qu'il considère déjà comme un linceul.

— Ouf ! soupire-t-il, soulagé. Ce n'est qu'un mannequin. Une vulgaire baudruche probablement utilisée pour la formation des infirmiers.

Rassuré, il s'éloigne du lit et écarte les lamelles des persiennes. La fenêtre donne sur une cour intérieure ceinte de hauts murs et close par un bâtiment récent, construit sur un seul niveau.

— Bizarre, cette annexe dans le fond d'une cour, murmure Gérard.

Invisible depuis la rue il pense dans un premier temps que cette construction doit servir à entreposer du vieux matériel. Mais son aspect ultra-moderne le convainc qu'elle a sans aucun doute une autre fonction. Ce qu'il trouve étonnant c'est qu'aucun passage ne semble la relier à la clinique : ni couloir, ni allée.

— Que faîtes-vous ici ? braille une voix autoritaire.

Gérard sursaute. Tout à ses réflexions, il n'a pas entendu entrer. Un gorille en blouse blanche qu'on s'attendrait plus à rencontrer sur un champ de foire que dans un établissement hospitalier s'avance.

— Je me suis égaré, bredouille le policier.

— Égaré ? fait l'homme, menaçant. Mon œil ! Tu es certainement un sale chapardeur.

Tout en essayant d'atteindre la sortie, Gérard explique aussi raisonnablement que possible sa présence sur les lieux. Mais le gorille ne s'en laisse pas conter et lui barre le passage.

— Je vais te passer l'envie de voler, fulmine-t-il.

— Vous vous trompez ! se défend Gérard. Je vous assure que je ne suis pas un voleur.

Le gorille ricane en se rapprochant de lui.

— Il faut dire que tu n'es pas malin ! remarque-t-il. Allumer l'électricité, ça attire l'attention. Moi, je passe, je vois de la lumière sous la porte et qu'est-ce que je fais ? Forcément j'ouvre !

— Justement, réplique Gérard, retournant l'argument en sa faveur. Si j'avais eu de mauvaises intentions, je serais resté dans l'obscurité. Je ne suis pas fou.

— Eh bien, on va voir ! conclut son interlocuteur sur le point de le saisir par une manche de son blouson. Tu vas venir docilement chez le directeur et nous raconter qui tu es. Comme ça, on saura !

Pris au piège, le lieutenant inspire profondément et

fonce tête baissée sur son adversaire. N'ayant pas envisagé qu'un homme aussi chétif puisse manifester une telle force, le gorille perd l'équilibre. Gérard profite de cet effet de surprise pour s'enfuir à toutes jambes, laissant derrière lui sa casquette.

— Ouf ! soupire-t-il soulagé, une fois derrière le volant de son Audi. Je l'ai échappé belle. En revanche, j'ai grillé ma couverture. Si je reviens, il me reconnaîtra à coup sûr.

Commissariat central.
Gérard raconte sa mésaventure à Verdeau.

— Dommage que tu aies réussi à t'échapper, regrette son supérieur. J'aurais adoré venir te chercher et te passer les bracelets comme à un vulgaire voyou. Tu connais la maxime ? Flic ou voyou !

— Tu peux toujours rigoler. Il n'empêche que je n'en menais pas large. J'ai eu la trouille qu'il me mette une raclée. C'est le genre « Je frappe et on discute après ». Et puis, tu te rends compte de la situation ?

— Bien sûr, confirme le commandant, en se raclant la gorge. Le problème, c'est qu'on est à présent obligés de te mettre sur la touche. Si tu te ramènes là-bas, on risque effectivement de te reconnaître.

— Que pouvais-je faire d'autre ? demande le lieutenant, en baissant les bras.

— Rentrer dans un trou de souris au moment où l'importun est arrivé, blague Verdeau. Mais ne t'en fais pas. Le boulot, ce n'est pas ça qui manque, d'autant que Machelles nous a demandé de nous occuper d'un cinglé qui assouvit ses pulsions sexuelles dans les cimetières.

— Je suppose qu'il a été pris en flag ! Alors, pourquoi ne

pas le mettre au trou directement ?
— Parce que le commissaire veut qu'on le cuisine.
— Mais est-ce bien à nous de nous occuper de ce genre d'histoire ?
— Oui et non, répond Verdeau. Mais comme l'affaire la plus importante que nous avons sur les bras a pour principal théâtre un cimetière, si ce dégueulasse à des révélations à nous faire...
— D'accord. Je m'en occupe !

Interrogatoire du nécrophile.

J.K., le nécrophile, est introduit dans la salle des auditions par deux agents. On lui ôte les menottes. Le lieutenant, déjà présent, lui ordonne de s'asseoir et allume l'enregistreur. L'interrogatoire débute par les questions habituelles, puis viennent les faits reprochés. Gérard souhaite en finir au plus vite tant la promiscuité avec ce genre d'individu le dégoûte. Que va-t-il pouvoir en tirer ? Pris en flagrant délit, il peut l'envoyer directement en correctionnelle. Les résultats d'une perquisition de son domicile ont confirmé ses penchants morbides et d'autres pas plus ragoûtants. En deux mots : il se trouve face à un mec abject.

— Êtes-vous conscient de la gravité de vos actes ? se risque-t-il à demander.

Le nécrophile baisse la tête et fait mine d'examiner la pointe boueuse de ses chaussures. En se tapotant la tête du bout des doigts, il bredouille :

— Je n'y peux rien. Ça me prend là et ça ne me lâche pas tant que...

— Épargnez-moi les détails ! l'interrompt brutalement le

policier. Comment choisissez-vous vos victimes ?
— Les annonces nécrologiques ! confesse l'individu.
— Les annonces nécrologiques ? répète Gérard.
— Bien sûr ! confirme J.K. soudain rasséréné. Dans les journaux et ailleurs ! C'est ainsi que je suis au courant des funérailles.
— Et alors ? l'encourage le policier.
— Et alors ? reprend J.K., complètement ragaillardi, on sait bien que les pompes funèbres finissent rarement leur travail le jour de l'enterrement. J'ai donc un accès plus facile aux personnes décédées. Ensuite, il me suffit de m'introduire discrètement dans le cimetière et...

Au fil de son récit, le regard du conteur se met à briller d'une lueur étrange.

Un malade ! se dit Gérard. J'ai affaire à un malade, un fou, un désaxé ! Qu'est-ce-que je fais ici ? Enfin ! Faisons notre boulot jusqu'au bout !

— Bon, ça suffit ! le coupe le policier qui commence à avoir la nausée. Dîtes-moi plutôt si vous avez commis ce genre d'acte dans le cimetière de Châteauneuf-sur-Sarthe.
— Pourquoi me demandez-vous cela ? s'inquiète J.K. Vous m'avez pris en flagrant délit ! Ça ne vous suffit pas ? Vous voulez me faire porter le chapeau pour le meurtre de l'inconnue du cercueil ? Évidemment, un type comme moi, c'est le coupable rêvé !
— Au lieu de vous rebeller, rétorque le policier, répondez à ma question. Votre cas est suffisamment grave. Ne compliquez pas votre situation en refusant de collaborer. Alors, le cimetière de Châteauneuf, ça vous parle ?

J.K. s'épanche enfin :

— Un bien joli cimetière juste à la sortie du village, dit-il. Presqu'un jardin. J'y suis allé, effectivement. Une seule fois. Ce n'est pas pratique pour moi. Je n'ai pas de voiture, et les cars…, les horaires c'est n'importe quoi.
— Abrégez, s'il vous plaît !
— Je vous répète que je n'y suis allé qu'une seule fois. Je vous jure. Et je n'y ai rien fait.
— Rien fait ? s'étonne Gérard. Vous ne me ferez pas croire que vous n'y faisiez qu'une promenade de santé ?
— Non, admet le comparant. Je suis d'accord. Mais l'endroit est plutôt fréquenté et pas que par des revenants. Pas facile d'y être tranquille !
— Précisez, s'énerve Gérard que la poursuite de cet entretien commence à écœurer. Fréquenté par qui ? Parce que je suppose que vous n'y êtes pas allé aux horaires d'ouverture au public ?
— Dans un journal, j'avais lu une annonce pour l'enterrement d'une dame à Châteauneuf. C'est son prénom qui m'avait attiré mais je ne m'en souviens plus, déclare-t-il tendrement. Il n'y a pas longtemps. J'étais en plein manque. Vous comprenez ?
— Non ! Je ne comprends pas. Que s'est-il passé ?

Chapitre 26
Commissariat central.

Paule Pichet est morte dans d'atroces souffrances. Compte tenu des sévices, il a été impossible au médecin légiste de déterminer si elle avait subi auparavant des violences sexuelles. En tous cas, à n'en plus douter, il s'agit d'un meurtre. Pour cette raison, le commissaire Machelles prend l'affaire en main. C'est lui qui dirige cette nouvelle audition de Louis Porte. Il s'est adjoint le capitaine Rousseau. Ce choix n'est pas anodin. Il sait son subordonné attaché à la religion catholique. Il espère ainsi qu'un climat de confiance s'instaurera entre deux êtres qu'une même spiritualité rapproche et, par ce biais, faciliter certaines confessions.

Maître Lemétayer, un avocat commis d'office, assiste le suspect.

Le capitaine Rousseau presse le bouton de l'enregistreur et énonce toutes les mentions destinées à l'identification future de cet interrogatoire. Le commissaire prend ensuite la parole.

— Monsieur, annonce-t-il, votre garde à vue prend fin dans quelques heures. Nous avons organisé ce dernier interrogatoire parce que nous disposons d'éléments nouveaux. Je vous rappelle succinctement les faits ayant entraîné votre arrestation. Paule Pichet, une jeune fille d'une vingtaine d'années, est portée disparue. Nous retrouvons son cadavre dans le cercueil d'une autre personne au cimetière de Châteauneuf-sur-Sarthe. En raison de témoignages et d'indices concordants, nous sommes convaincus que vous connaissiez la victime et que vous entreteniez avec elle une relation intime. Lors de vos interrogatoires précédents, vous vous êtes réfugié dans un mutisme complet. Grâce au prélèvement de salive effectué sur vous, le laboratoire de la police scientifique a pu établir votre profil ADN. Ses conclusions sont sans appel. Il correspond très exactement à celui qui a été retrouvé sur le tissu brodé qui avait été déposé aux pieds de la victime. Je vous pose une dernière fois la question : êtes-vous responsable de la mort de Paule Pichet ? Avez-vous des aveux à nous faire avant que nous vous déférions au parquet ?

— Monsieur l'abbé, vous n'êtes absolument pas obligé de répondre ! conseille maître Lemétayer.

— Nous avons maintenant en notre possession suffisamment d'éléments pour que le juge vous inculpe de meurtre ! rétorque le commissaire. Vous pouvez écourter un moment difficile en avouant.

Le prêtre est prostré sur son siège, le regard dans le vague. Il murmure en se signant :

— Mon Dieu ! Venez à mon secours. Ne m'abandonnez pas. Que dois-je faire ?

— Ce n'est pas la réponse que j'attends de vous ! déclare Machelles. Puisque vous ne semblez pas vouloir parler de vous-même, je vais vous donner ma version des faits.

— Écoutez, mais vous n'êtes pas obligé de répondre ! ressasse l'avocat.

Le prêtre soupire longuement, lève les yeux au ciel comme pour le prendre à témoin et se cache le visage dans les mains.

Le commissaire se sert un verre d'eau qu'il boit à petites gorgées. Il réfléchit aux propos qu'il va tenir. Enfin, il s'éclaircit la voix. Le capitaine Rousseau en profite pour intervenir :

— Monsieur l'abbé, nous détenons tellement d'éléments tangibles qui vous accusent formellement qu'il ne sert à rien de vous retrancher dans un silence qui vous accable davantage. Vous auriez tout à gagner à vous expliquer et à nous révéler votre version des faits. Cela libèrerait également votre conscience.

— Je ne suis pas un meurtrier ! se lamente le curé en sanglotant. Dieu m'est témoin. Je suis un grand pêcheur mais pas un meurtrier.

— Vous allez avoir du mal à nous convaincre ! déclare Machelles. Vous vous êtes acharné sur la victime comme un démon. Les faits sont là, clairs et précis.

— Non, je vous assure ! plaide l'ecclésiastique, décomposé. Je ne suis pas un meurtrier. C'est un accident.

— Voilà qui est nouveau ! s'exclame le commissaire. Enfin, c'est un début. Vous reconnaissez donc maintenant bien connaître Paule Pichet ? Il est vrai qu'il vous devient de plus en plus difficile de nier l'évidence. Et vous reconnaissez être impliqué dans sa mort ?

Face à cet aveu implicite de son client, maître Lemétayer décide de changer sa stratégie de défense. Il lui suggère de dire juste la stricte vérité sans commentaires, après quoi il essaiera de minimiser sa responsabilité.

— C'est un accident ! répète Louis Porte entre deux reniflements.

Machelles lui propose de l'eau et se sert un nouveau verre.

— Je vais vous aider, propose-t-il au présumé coupable. Commençons par le début. Comment êtes-vous entré en contact avec la victime ?

— Tout simplement, précise piteusement Louis Porte. La prêtrise vous entraîne à organiser ou seulement à participer à diverses manifestations eucharistiques ou de charité. C'est au cours d'une de celles-ci que le hasard nous a mis en présence. Quelques mots échangés, la première fois. Un peu plus lors d'une seconde rencontre et ainsi de suite. Les mêmes opinions sur un certain nombre de sujets, des centres d'intérêt communs nous ont inconsciemment rapprochés et...

— Ainsi de suite, le bouscule le commissaire. Je vois très bien. L'approche fraternelle s'est transformée en approche amicale puis affective ou seulement sexuelle ?

— Non ! Ce n'est pas vrai ! se défend le prêtre en se redressant. Une affection réelle nous unissait.

— Que cherchez-vous à me dire ? Que vos sentiments étaient platoniques ? C'est cela ? Je n'en crois pas un mot.

— Je ne le prétends pas non plus.

— Ah bon ! Donc vous reconnaissez votre relation sexuelle ! Tout cela n'est pas très conforme au vœu de chasteté, n'est-ce-pas ?

Rousseau qui considère que les remarques de son patron par rapport à la religion sont hors sujet veut interférer mais n'y parvient pas.

— Vous l'avez tuée, accuse Machelles sur le même ton cinglant. Elle exigeait plus de vous mais cela ne correspondait pas à votre vision de l'avenir, je me trompe ? Jeter, de temps à autre, la soutane aux orties, cela vous allait bien ! Mais troquer définitivement la soutane pour un costume civil, c'était trop vous demander ! N'est-ce pas ?

— Ne répondez pas ! lui conseille son avocat.

Louis Porte, le regard toujours dans le vague, poursuit son récit sans faire la moindre allusion aux réflexions du commissaire :

— Nous ne faisions de mal à personne ! se défend-il. Nous étions seulement contraints à la discrétion la plus absolue en raison de mon sacerdoce.

— Nous y voilà ! l'interrompt Machelles. C'est bien ce que je dis. Vos visions de l'avenir ne concordaient pas. Paule Pichet vous voulait entièrement pour elle. Pas vous. Elle se faisait de plus en plus pressante. Elle vous a probablement menacé de tout révéler pour vous obliger à vous défroquer. Mais quitter vos fonctions sacerdotales et votre position sociale, il n'en était pas question ! Alors vous avez employé les grands moyens : vous l'avez supprimée ! Mais pourquoi cette boucherie ?

— Non ! clame Louis Porte. C'était un accident !

— Le résultat est pourtant là ! précise Machelles. Si je me réfère au rapport d'autopsie, je constate que la mort de Paule Pichet est consécutive à des violences diverses sans qu'il soit cependant possible de déterminer laquelle a été mortelle. Il y a d'abord cette éventration digne d'un émule de Jack l'éventreur. Ensuite, la pauvre a reçu un coup violent derrière la tête qui a entraîné une rupture des cervicales. Enfin, son cou porte des traces de strangulation et ses bras de nombreuses ecchymoses. Vous allez avoir du mal à prouver qu'il s'agit d'un banal accident !

— Dieu m'est témoin qu'il en est pourtant ainsi.

— Ah bon ? et cet acharnement sur le ventre de la victime ? Un accident ?

— Je vous en supplie ! bafouille le prêtre. Je vais tout vous dire. Ne me condamnez pas. C'est à cause de l'enfant !

— L'enfant ? répètent en chœur Machelles et Rousseau, éberlués.

— Quel enfant ? demande son avocat. Parlez sans crainte mais ne dîtes que la stricte vérité sans en rajouter.

Le visage de Louis Porte s'éclaire. Il reprend son récit calmement. Enfin, il va pouvoir soulager sa conscience. Il n'en peut plus de garder ce lourd fardeau pour lui seul.

— Paule était enceinte ! Après l'accident, je ne pouvais tout de même pas abandonner l'enfant sans les secours de la religion.

— Quoi ? s'étonne Machelles. Qu'est-ce-que vous nous racontez là ?

— Nous avions coutume de nous voir et de nous promener à l'abri des regards indiscrets dans le bois de l'étang de Miré près de Cheffes. Cet endroit présente l'avantage de ne pas être très éloigné de nos domiciles respectifs mais suffisamment toutefois pour ne pas risquer de rencontres importunes.

— Ces détails sont sans importance pour nous, l'abbé ! précise Rousseau sans brutalité. Seul, l'essentiel nous intéresse !

Les mains jointes devant lui, Louis Porte hésite un moment puis soupire. Enfin, il reprend :

— C'est elle qui avait souhaité me voir d'urgence. Je suis allé à sa rencontre et elle est montée dans ma voiture. Nous sommes partis vers ce bois que nous apprécions l'un et l'autre pour sa tranquillité. Son visage trahissait de la fatigue et une certaine lassitude. Je l'avais remarqué depuis quelques temps déjà. Je pensais que la raison en était une surcharge passagère de travail.

— Pressons ! s'énerve Machelles. Les détails, nous les verrons plus tard.

— Excusez-moi ! marmonne le prêtre mais je le précise car ceci explique l'état d'esprit dans lequel nous étions l'un et l'autre.

— Abrégez quand même ! ordonne le commissaire.

Louis Porte poursuit son récit :

— Je la sentais préoccupée. Je l'interrogeai mais n'obtins aucune réponse. Je garai ma C1 en bordure du bois et nous empruntâmes une allée au hasard. Elle était dans un état de nervosité inhabituel. Je la pressai à nouveau de questions et elle finit par m'avouer qu'elle était enceinte.

Le commissaire commente :

— Cela vous a mis dans une rage folle. Vous vous êtes battus et elle s'est défendue. Vous avez ensuite tenté de l'étrangler mais elle a réussi à se libérer. Alors, vous avez voulu empêcher par tous les moyens qu'elle s'échappe. Un bâton gisait là. Vous vous en êtes emparé et lui avez porté un coup fatal sur la tête qui lui a brisé net les cervicales. Je suis d'accord, a priori, pour dire que ce n'est pas un acte prémédité mais c'est quand même un meurtre.

— Non, pas du tout ! proteste le prêtre, en se levant.

— Calmez-vous ! lui conseille son avocat, en lui enjoignant de se rasseoir.

Le prêtre reprend place sur son siège. Il se calme et continue, à voix basse.

— Pas du tout, pas du tout. J'ai seulement tenté de lui faire comprendre qu'il était impossible de garder cet enfant. Elle m'a alors signifié qu'elle avait décidé de laisser sa grossesse aller jusqu'à son terme.

Un silence pesant règne alors dans la pièce. Louis Porte sanglote et murmure :

— Que la volonté de Dieu soit faite. Paule voulait que je quitte les ordres pour vivre avec elle. Mais ce n'était pas possible ! Vous comprenez, n'est-ce-pas ?

Loin de lui témoigner le moindre signe de compassion, le commissaire réitère ses accusations :

— Alors, vous l'avez tuée ! C'est bien ce que je pensais.

— Non pas. Je l'ai juste un peu secouée pour la ramener à la raison.

— Secouée plutôt violemment si on en croit le rapport d'autopsie !

— Elle a trébuché sur des racines et sa tête a malencontreusement heurté un tronc d'arbre. Le ciel m'est témoin…

— C'est votre version ! précise Machelles. La mienne, vous la connaissez déjà et je n'en change pas !

— Non ! Je vous jure que c'était un accident.

— Ne jurez pas l'abbé ! lui suggère le capitaine Rousseau. Et si c'était un accident, pourquoi ne pas l'avoir secourue ? Et cette césarienne dont vous êtes l'auteur ?

— Bien sûr que je voulais la secourir. Son cœur ne battait plus. Je ne sentais plus son pouls. J'ai bien tenté de la faire revenir à elle… En vain !

— Et cette boucherie, accuse Machelles, un accident ?

— Mais voyons ! s'offense Louis Porte, je suis prêtre. Je

ne pouvais laisser une créature de Dieu, si petite soit-elle, quitter notre monde sans la baptiser ! C'est pour cela – Dieu m'en donnera raison – que j'ai pratiqué cette césarienne. Il fallait absolument baptiser l'enfant. Ainsi, grâce à moi, cet innocent est maintenant au Paradis.

— Après le sexe, c'est la religion qui vous aveugle ! accuse encore Machelles. N'y avait-il pas autre chose à faire ? Par exemple, appeler des secours ou emmener d'urgence la morte à l'hôpital le plus proche ? J'oubliais ! Monsieur tient à sa soutane alors tant pis pour la moribonde ! On fait un signe de croix sur le corps et on l'envoie dans l'autre monde. Et le corps de l'enfant, où est-il ? Vous vous en êtes débarrassé aussi ?

— Je n'ai rien fait de tout cela ! se défend de nouveau Louis Porte. L'enfant, à peine plus qu'un fœtus, n'était pas viable. C'était mon devoir de prêtre de le baptiser pour le cas où il y aurait eu dans cet être à peine formé le moindre souffle de vie ! Quant à sa dépouille, elle est dans le cercueil à côté de sa mère !

— Cessez de mentir ! s'emporte Machelles. Vous savez bien qu'elle n'y est pas !

Il ajoute :

— Je trouve que vous avez rapidement décidé que l'enfant allait mourir ou même était mort. Le jury des assises appréciera certainement votre histoire. Je n'en doute pas !

— Mais non ! fait le prêtre, désemparé. On aurait dit un embryon. Il était à peine formé. J'ai déchiré un de mes surplis pour lui servir de linceul. Qu'est-il donc devenu ? Dieu aurait-il...

Machelles se fâche :

— Cessez de mêler Dieu à vos affaires !

Louis Porte enserre dans sa main le petit crucifix épinglé sur le revers de sa veste.

— Devant Dieu, je vous affirme que je ne dis que la vérité !

Machelles s'adresse à Rousseau :

— Il faut revoir les fossoyeurs. Apparemment, celui qui a parlé n'a pas tout dit !

Il se tourne vers Louis Porte :

— Vous avez ensuite transporté vos victimes dans votre voiture jusqu'au cimetière pour les faire définitivement disparaître dans le cercueil d'une chapelle funéraire. Évidemment c'était bien calculé, mais voilà ! Un grain de sable a enrayé votre petite machination. C'est bien cela ?

— Oui ! avoue le prêtre, complètement sonné.

— Maintenant, déclare Machelles, il faut nous dire ce que vous avez fait de la dépouille de Mélanie Bouron.

— Mélanie Bouron ?

— C'est le nom de la personne qui se trouvait dans le cercueil avant votre profanation. Pourquoi ne pas l'avoir laissée en paix ?

L'accusé est abasourdi par la question. Il proclame :

— Ce n'est pas moi. Le cercueil était vide.

— Et vous avez trouvé cela normal ? demande Rousseau.

— Cela arrive parfois. Quelqu'un disparaît dans des circonstances tragiques. On ne retrouve pas le corps mais les familles veulent néanmoins procéder à un enterrement.

— En résumé, la place était libre ! commente Rousseau. Vous ne vous êtes pas posé de question ! Au contraire...

— J'ai effectivement considéré cette circonstance comme un signe du ciel. Dieu ne voulait pas qu'un de ses humbles serviteurs soit traîné devant la justice si imparfaite des hommes.

Le commissaire a l'intuition que Louis Porte dit la

vérité ou presque, tout au moins sur le déroulement des événements. Cependant, mille questions sans réponses le tenaillent. Ce petit cimetière de campagne est décidément très fréquenté, tout spécialement la nuit. Le meurtre de Paule Pichet est enfin élucidé et le présumé coupable a été déféré au parquet. En revanche, le cas de Mélanie Bouron conserve tout son mystère. Est-elle vraiment morte ? Si oui, dans quelles circonstances ? Où se trouve sa dépouille ?

Et ce bébé, où est son cadavre ? Le prêtre a-t-il avoué toute la vérité le concernant ? Il ne peut en être autrement puisque c'est lui qui a révélé son existence aux policiers. Qui donc a retiré le petit corps du cercueil, et dans quel but ?

Il ordonne à ses enquêteurs de mettre la pression sur tous ceux qui considèrent les cimetières comme leurs lieux de prédilection. Il ne faut négliger aucune piste.

— Revoyez ce SDF qui nous a mis sur le coup des détrousseurs de cadavres. Entre deux beuveries, d'autres souvenirs lui reviendront peut-être. Il faut réinterroger le fossoyeur qui a vendu la mèche au sujet de Paule Pichet. Continuez à planquer devant les cimetières la nuit et à y faire des tours de garde.

Il réfléchit et ajoute :

— Il faut organiser une surveillance de la clinique Marguerite et ne pas perdre de vue que tout part de là.

— Et si nous procédions à une perquisition en bonne et due forme de l'établissement ? suggère Verdeau.

— Impossible ! répond le commissaire. Le juge refuse car le dossier est vide. Aucun indice concret ne nous permet à l'heure actuelle de soupçonner la clinique. Le juge ne bougera pas tant que nous ne lui donnerons pas un os à ronger. Allez, les gars : exécution !

Chapitre 27
Commissariat central.

— Un certain Théodore Bachelard demande à vous voir, annonce un sergent en entrebâillant la porte.

Gérard s'étonne de cette curieuse initiative. Il pèse le pour et le contre et accepte de le recevoir. Dans le pire des cas ce personnage est impliqué dans quelque magouille plus ou moins honorable, dans le meilleur des cas il pourrait servir à balancer ses concurrents.

— Faîtes entrer !

L'agent s'efface pour laisser le passage au gourou des Témoins de Lucifer. Gérard ignore la main tendue de son visiteur et lui propose de s'asseoir.

— Que voulez-vous ? s'enquiert immédiatement le policier en refermant le dossier qu'il est en train de consulter.

— Inspecteur…, commence Bachelard.

— Lieutenant ! rectifie le policier. Je vous l'ai déjà dit !

— Lieutenant, reprend le visiteur. Je suis venu pour vous faire part de mon étonnement. Sauf erreur de ma part, je fais l'objet d'une surveillance qui m'est d'autant plus désagréable que je n'ai absolument rien à me reprocher.

— Une surveillance ? s'étonne Gérard, non sans une certaine hypocrisie.
— Ne faîtes pas l'innocent, lieutenant. Vous le savez bien. Il faudrait cependant que la police forme mieux ses enquêteurs.
Le policier continue de ranger son bureau.
— Vous devenez parano, raille-t-il.
— Pas du tout ! réplique Bachelard. Le petit jeune qui me suit de temps à autre en faisant semblant de pianoter sur son smartphone n'est pas très futé. Il n'est pas nécessaire de sortir de Polytechnique pour en déduire qu'il vient de chez vous.
Le policier sourit légèrement sans dire un mot.
— Monsieur le lieutenant ! s'emporte Bachelard en posant son chapeau sur ses genoux, je vous somme de mettre fin à cette filature. Dans le cas contraire, je me verrai dans l'obligation de déposer une plainte pour harcèlement et atteinte à ma vie privée. Vous n'avez aucune raison de me fliquer ainsi.
Gérard argumente :
— Avec tout ce qui se passe dans les cimetières de la région, on est bien obligés d'enquêter sur les personnes qui les fréquentent assidûment comme vous et votre clique.
— Vous perdez votre temps, lieutenant ! Un temps précieux. Les médias, évidemment, se font l'écho de cette disparue retrouvée morte et enterrée sans funérailles, et de ce cadavre ambulant. Votre hiérarchie fait pression pour obtenir des résultats. Cela vous agace mais ce n'est pas une raison pour inquiéter les gens honnêtes.
— Les gens honnêtes ? fait Gérard. Il faut le dire vite. Vous trouvez que c'est honnête, vos cérémonies nocturnes ?

— Rien que du bien ! résume Bachelard en remettant ses lunettes d'écaille sur son nez après les avoir essuyées avec un mouchoir. Rien que du bien. Nous apportons un peu de paix et de sérénité à des gens qui ont perdu leurs repères dans un monde en folie.

— En les trompant, en leur laissant espérer je ne sais quoi ? ironise le policier.

— Ce sont des gens qui aspirent à une forme de spiritualité. Ils ont été déçus, voire bernés par toutes les religions qui gouvernent ce monde, et qui, loin de prêcher la charité et l'amour du prochain, ne songent qu'à préserver leur pré carré. À ce titre, elles provoquent des confrontations meurtrières. Il suffit de feuilleter au hasard des pages de l'Histoire de notre planète. Et ce n'est pas fini !

— Gardez votre sermon pour vos fidèles lors de vos fameux sabbats.

— Vous me choquez !

— C'est bien le diable que vous implorez ? insiste Gérard. Alors, pas de fausse pudeur, s'il vous plaît !

— Il n'empêche que je suis venu vous dire que vous faîtes fausse route. Nos activités n'ont rien à voir avec l'objet de votre enquête. Comme je vous l'ai déjà dit, vous feriez mieux de vous pencher sur le cas de groupuscules bien moins innocents que nous, à l'instar des Disciples de Hadès. Évidemment, c'est plus facile de s'en prendre à des personnes dont on connaît l'adresse. Eux, ils font ces choses dont vous parlez : des messes noires sur une tombe, des unions sacrées avec le sang d'un mort, des scènes obscènes destinées à réchauffer l'amour de quelqu'un...

Le lieutenant Gérard garde le silence mais constate que Bachelard a l'air bien renseigné.

— Oubliez-moi un peu et regardez ailleurs, exige le témoin de Lucifer. Ceux-là sont capables de tout. Dans mon groupe, j'ai des transfuges. Ils sont très fragiles psychologiquement. C'est pour cette raison que je ne puis vous donner leur identité.

Le policier remercie son visiteur et met fin à l'entretien. Il ne s'agit pas de prendre les révélations de Bachelard pour argent comptant mais il ne peut non plus les ignorer. Il espère cependant que la surveillance étroite des cimetières permettra d'arrêter ces sectes et de faire jaillir la vérité.

Devant la clinique Marguerite.

Alors qu'ils sont en planque dans une voiture banalisée pour observer les abords de la clinique, Verdeau et un collègue aperçoivent une Peugeot 507 noire flambant neuf aux vitres teintées.

Elle longe la façade de l'établissement hospitalier, bifurque dans la petite rue étroite jouxtant le mur d'enceinte et s'arrête devant une entrée de parking. D'après les indications fournies par Gérard lors de sa dernière visite, il semblerait que cet accès corresponde à l'annexe. Une grille coulissante parfaitement huilée s'ouvre subitement et la berline haut de gamme disparaît à l'intérieur. Tout semble parfaitement synchronisé.

— Je suis déjà passé par là, commente le commandant, mais je n'avais jamais fait attention à cette entrée. Elle est quasi invisible. Qui peut s'introduire ainsi dans la clinique ? Probablement un de ces pontes de la médecine ! Pourtant, ils ont leurs emplacements réservés devant l'établissement ! Serait-ce, dans ce cas, une personne qui préférerait rester incognito ?

Ils décident d'attendre que le mystérieux visiteur reparte. Plusieurs heures s'écoulent, en vain. La nuit approche. Les lampadaires publics s'allument, éclairant le macadam d'une clarté blanchâtre. De rares passants pressent le pas pour rentrer chez eux. Las, les policiers en font de même.

Commissariat central.
C'est le briefing du matin autour du commissaire Machelles. Toute l'équipe est présente. Chacun rend compte de ses propres investigations. Le tour de table terminé, le patron prend la parole pour résumer la situation et donner ses directives :
— Bien sûr, les divagations de Bachelard sont probablement destinées à nous éloigner de lui. Cependant, on ne peut pas non plus les ignorer. Parmi les foldingues qui courent les rues et les cimetières, je ne doute pas que certains soient capables de kidnapper un cadavre. On en a vu d'autres. N'est-ce pas, Rousseau ? Il faut donc continuer à sécuriser les cimetières. Malheureusement, nous n'avons pas une armée à notre disposition. Notre action, en ce domaine, ne peut donc être qu'aléatoire. Il n'empêche qu'à ce jour, cela n'a pas été inutile. En revanche, il faut resserrer la surveillance de la clinique. Tout spécialement de l'annexe. S'il s'y passe des actes médicaux inavouables, c'est probablement là. Verdeau, vous m'organisez une planque permanente et vous me tenez au courant du moindre fait nouveau. Bon ! J'en ai terminé. Au boulot ! De mon côté, je vais participer à la reconstitution du meurtre de Paule Pichet.

Chapitre 28
Commissariat central.

— Vous nous avez dit que, dans ce cercueil, il y avait un cadavre de femme qui avait certainement été assassinée. Nous l'avons effectivement trouvé. N'y avait-il pas autre chose ? demande Rousseau.
— Mais si ! J'l'ai pas dit! Un oubli ! Aux pieds de la morte, il y avait comme un paquet de chiffons. Moi, j'voulais pas y toucher ! Y avait plein de sang partout ! Ça me rendait malade ! Je ne pensais qu'à une chose : me tirer vite fait ! Mais Gustave a voulu voir !
— Gustave ? demande Rousseau.
— Oui ! Gustave ! C'est mon coéquipier dans ce genre de boulot ! Je lui ai dit de laisser tomber. On remet tout en place et on s'en va !
— Et c'est ce que vous avez fait ?
— J'crois qu'il ne m'a pas écouté mais il a quand même refermé le cercueil et on est partis.
— Il ne vous a pas dit ce qu'il avait vu ?
— Non, il ne m'a rien dit. Et pour cause ! Tout ça m'avait rendu malade et j'ai vomi. Mais vous, s'inquiète-t-il, le paquet, vous l'avez ouvert ! Vous savez donc ce qu'il contenait !

— Justement non ! conclut Rousseau. Lors de l'exhumation, il n'y avait plus de paquet aux pieds de la victime. Il y avait seulement un morceau de tissu brodé.

— Ben ça alors ! s'exclame le fossoyeur. Gustave aurait emporté le paquet ? Je n'en reviens pas !

— Où peut-on retrouver ce Gustave ? demande Rousseau. Je ne me souviens pas d'avoir aperçu ce nom sur la liste des fossoyeurs.

— C'est normal, ricane son interlocuteur. Il n'est pas fossoyeur. Quant à le retrouver ! Il va vous falloir fouiller la France profonde car il s'est carapaté en province dès qu'il a eu connaissance de votre coup de filet. Mais dîtes-moi ? Qu'y avait-il dans ce paquet qui vous intéresse à ce point ? Un trésor que Gustave n'aurait pas voulu partager ?

— Tout simplement le cadavre d'un presque nouveau-né, répond Rousseau.

Angers. Le cimetière de l'Est.

Il fait nuit. Des nuages voilent par moment le dernier croissant de lune, visible malgré le halo des lampadaires. Deux ou trois cyclistes à l'éclairage moribond pédalent sur cette route peu fréquentée, un couple d'amoureux transi se réfugie sous un porche pour échanger un baiser puis repart en riant, de rares voitures circulent à intervalles réguliers.

Depuis leur véhicule Renault banalisé, les deux policiers en planque observent l'entrée du cimetière et ses abords. Un thermos de café et des sandwiches agrémentent cette veille interminable.

Aux premières lueurs de l'aube, que tamise un léger brouillard matinal, le chef d'équipe sort du véhicule pour se dégourdir les jambes. Il marche vers la grille du cimetière, l'examine rapidement puis revient en donnant le signal du départ.

— Allez ! En route, dit-il tout en appelant le commissariat pour faire son rapport. Il ne se passera plus rien maintenant.

Clinique Marguerite.

Le commandant Verdeau, accompagné d'un subordonné, relève une équipe qui a surveillé l'annexe pendant une bonne partie de la nuit. Le quartier est commerçant et il est assez aisé de stationner sans attirer l'attention.

Dix minutes plus tard, la berline aux vitres teintées pointe le bout de son capot pour sortir de l'annexe.

— La voilà ! dit Verdeau à l'adresse de son collègue.

Il sort rapidement de sa place de stationnement pour la prendre en filature. La Peugeot haut de gamme tourne à droite et accélère.

— Note l'immatriculation ! ordonne Verdeau à son coéquipier.

La voiture ne respecte aucune limitation de vitesse et file le long du boulevard périphérique avant de s'engager sur l'autoroute A11 en direction de Paris. Verdeau met les gaz pour ne pas la perdre.

— Que fais-tu ? demande l'autre policier, méfiant. Il n'a jamais été prévu qu'on la suive jusqu'à Paris. Et puis il faut avertir le patron pour assurer un relais devant la clinique.

— Avant, je veux savoir où elle va et qui sont ses passagers.

— Dans ce cas, met le gyrophare et arrêtons-les pour contrôle d'identité.

— Je ne suis pas du tout certain qu'on arrivera à les dépasser avec notre tank. Accroche-toi plutôt !

La Peugeot 507 accélère encore. La Mégane a du mal à tenir la distance.

— Où vont-ils ainsi ? interroge le commandant.

— Punaise ! s'écrie l'autre en apercevant soudain deux motards de la route dans le rétroviseur.

Ces derniers signalent leur présence à grand renfort de sirènes et intiment au chauffeur l'ordre de se garer sur le bas-côté. Verdeau montre le gyrophare par la vitre mais rien n'y fait. Il obtempère.

L'un des gendarmes descend de sa moto et s'approche du commandant, tandis que l'autre bloque le passage, prêt à se lancer à la poursuite d'un contrevenant récalcitrant.

— Vous venez d'être flashé par un radar à 60 kilomètres/heure au-dessus de la limitation de vitesse, dit le gendarme sans ménagement. Vos papiers, ceux du véhicule et sortez, s'il vous plaît !

— Mais vous ne voyez pas que nous sommes de la police ! s'emporte Verdeau, en montrant le gyrophare.

— Celle-là, on nous l'a déjà faite ! répond le motard en souriant et sans s'émouvoir le moins du monde. Vous arrêtez immédiatement le moteur et vous sortez avec les papiers.

— Vérifiez alors et en vitesse ! s'époumone le commandant en exhibant sa carte professionnelle. Nous sommes en pleine filature et vous êtes en train de nous faire perdre un temps précieux.

Le motard examine la carte. Verdeau se fâche :

— C'est curieux. Vous nous arrêtez mais la Peugeot qui file là-bas et roule encore plus vite que nous, vous la laissez partir ? Vous pouvez nous expliquer ?

Le motard fixe Verdeau qui est hors de lui.

— C'est justement eux que nous étions en train de filer.

— Bon ! Ça va ? On peut y aller ?
Le motard salue à nouveau :
— Excusez-nous. On ne pouvait pas savoir. On va vous précéder pour libérer la route devant vous.
— Non merci. Vous êtes bien trop voyants ! s'écrie rageusement le commandant en déclinant l'offre.

Quand ils redémarrent, leur filature est déjà vouée à l'échec. La Peugeot n'est plus qu'un point à peine perceptible à l'horizon.

Dans le bois de l'étang de Miré.

Louis Porte a raconté sa version du meurtre de Paule Pichet qui, pour lui, n'est qu'un accident. Armelle Mercier, la juge chargée de ce dossier, a mené son instruction tambour battant. C'est une petite femme d'une quarantaine d'années, à l'œil vif et malicieux. Chaussée en permanence de talons hauts et habillée de jupes trois-quarts pour allonger un tant soit peu sa silhouette, elle est entrée dans la profession plus par vocation que pour faire carrière. Issue d'une lignée de magistrats, elle marche dans les pas de son père qui, le cas échéant, lui prodigue des conseils aussi discrets que circonstanciés.

Avant de déterminer les chefs d'accusation qui renverront Louis Porte devant une cour d'assises, elle organise une reconstitution.

Le temps ne s'y prête guère. Depuis le matin, le ciel n'en finit pas de s'assombrir et il se pourrait bien qu'il pleuve. Mais qu'importe les intempéries quand la justice doit suivre son cours !

Accompagnée de son greffier, elle se rend sur le lieu de rendez-vous : le bois de l'étang de Miré.

Louis Porte, qu'on a sorti de sa cellule de la maison d'arrêt de bonne heure, est amené en fourgon cellulaire, menottes aux poignets. Son avocat, le commissaire Machelles et le capitaine Rousseau suivent en voiture.

Une pluie intermittente rend la chaussée glissante. Ces conditions ne font que ralentir la circulation déjà intense à cette heure de la journée.

Le fourgon met plus d'une heure pour atteindre sa destination. Les deux gardiens de la paix, assis de chaque côté du mis en examen, fixent un point imaginaire sur le banc en face d'eux. Enfin, la sylve du bois se profile.

La juge d'instruction observe le ciel avec inquiétude et décide de passer immédiatement à la reconstitution sans perdre de temps en civilités. Elle interpelle l'accusé :

— Monsieur, vous êtes prié de bien vouloir nous rapporter dans ses moindres détails la suite des événements tels qu'ils se sont produits, en respectant leur chronologie.

Le prêtre acquiesce.

— Allons ! Nous vous vous écoutons, dit Armelle Mercier.

— Oui, répète timidement Louis Porte.

Il balbutie à voix basse ce que Rousseau pense être une prière.

— Nous vous écoutons, monsieur Porte ! insiste la magistrate.

— Je vous ai déjà tout dit !

— Répétez, s'il vous plaît ! Êtes-vous certain de nous avoir révélé toute la vérité ? fait la juge, soupçonneuse. Dans vos déclarations, il y a des éléments contradictoires et des zones d'ombre qu'il faut éclaircir.

Le prêtre traîne les pieds comme s'il ne pouvait pas les soulever. Ses lèvres tremblent.

Il est en train de faire son chemin de croix, pense Rousseau.

— Monsieur Porte, questionne Armelle Mercier, vous êtes certain que vous ne connaissiez pas l'état de Paule Pichet avant de la rencontrer pour une dernière fois dans ce lieu ?

— L'état ? répète le prêtre, troublé.

— Oui, réplique la magistrate. Son état de femme enceinte !

— Non ! réaffirme Louis Porte. Je ne le savais pas.

— Qu'est-ce-qui me le prouve, monsieur Porte ? s'acharne-t-elle. La vérité est peut-être bien différente du conte à dormir debout que vous nous avez servi. Je pense qu'elle vous avait tout dit avant ce rendez-vous et qu'en la faisant venir ici vous lui tendiez un piège.

Stupéfait, le prêtre se défend avec véhémence.

— Nous reviendrons sur ce fait plus tard. Maintenant, nous sommes sur la scène du crime. Démontrez-nous votre version.

Les participants se retrouvent au centre d'une petite clairière entourée de grands arbres. Le ciel s'est encore assombri et le crachin se transforme progressivement en une pluie drue.

— Monsieur Porte ! lance brusquement Armelle Mercier. Qu'attendez-vous ?

Le prêtre montre ses poignets entravés par les menottes.

— Commissaire ! commande-t-elle. Libérez provisoirement monsieur Porte et désignez l'un de vos hommes pour tenir le rôle de la victime.

Sur un signe de tête de Machelles, l'un des policiers qui accompagnait le prêtre dans le fourgon lui libère les poignets, tandis que Rousseau se porte volontaire pour incarner Paule Pichet.

— Pressons, s'il vous plaît messieurs, avant que le temps ne se gâte davantage !

La pluie s'intensifie et de grosses bourrasques de vent donnent au temps des allures de tempête. Les policiers en uniforme rabattent la visière de leur casquette pendant que d'autres referment leurs imperméables. Armelle Mercier, imperturbable, observe avec attention les faits et gestes commentés par le curé.

— Vous êtes formel ? C'est bien sur ce tronc que la victime s'est écroulée ? demande-t-elle. C'est curieux… on n'y voit aucune trace de quoi que ce soit.

— Je vous l'affirme ! déclare le prêtre en s'agenouillant.

— Allons ! relevez-vous ! lui ordonne la magistrate sans ménagement.

Le commissaire Machelles intervient discrètement pour faire remarquer à la juge que cette absence de traces avait été consignée dans les procès-verbaux de l'enquête de police. On y concluait que les intempéries de ces dernières semaines pouvaient en être la cause.

— Soit ! admet Armelle Mercier. Si je me réfère à vos procès-verbaux, vous n'avez rien trouvé de suspect ni in situ, ni au domicile de l'accusé. Pour forger ma conviction, je ne possède pas beaucoup d'éléments.

— Effectivement, confirme le commissaire. Seulement une photo de la victime soigneusement cachée dans un missel entre deux images pieuses. Cela ne constitue évidemment pas une preuve que Louis Porte soit coupable de meurtre ou responsable d'un accident malheureux.

— Je peux me relever ? demande Rousseau, qui se morfond à terre – le sol devenant de plus en plus humide.

— Bien sûr, capitaine ! s'excuse la juge. Bien sûr !

Et, fusillant Louis Porte de son regard sombre :
— Je ne crois pas du tout à votre histoire, poursuit-elle. Mon intime conviction est que vous avez prémédité le meurtre de Paule Pichet. Il s'agit donc d'un assassinat. Quant au bébé, j'applique au fait la même qualification. Son cadavre s'est volatilisé et rien ne vient corroborer votre version d'une disparition à laquelle vous ne seriez pas mêlé ! De plus, votre avocat prétend qu'il était mort-né. Une fois encore, rien ne le démontre puisqu'aucun examen ne peut être pratiqué sur sa dépouille. Je vous conseille de garder cette idée pour le jury. Vous aurez donc du mal à le convaincre de la véracité de votre version des faits. Votre qualité d'ecclésiastique ne vous protègera ni des rigueurs de la loi ni des assises.

La pluie redouble d'intensité et l'orage gronde. Les bourrasques de vent balaient d'un coup les feuilles mortes, contraignant les policiers à se protéger les yeux. Louis Porte profite de ce désordre pour échapper à la surveillance de ses gardiens.
— Je ne veux pas de votre justice. Seule m'importe celle de Dieu, clame-t-il en s'enfuyant.
Des agents lui ordonnent de s'arrêter. En vain. D'autres dégainent et font les sommations d'usage.
— Arrêtez ! s'écrie le commissaire. Vous n'allez quand même pas lui tirer dessus. Il est désarmé et vous n'êtes pas en état de légitime défense. Rangez votre artillerie et courez-lui après. Il n'ira pas loin. Écartez-vous les uns des autres afin de l'encercler.
Excédée, la juge prend l'avocat à partie :
— Maître, je vous suggère de rattraper votre client et de

lui conseiller de se rendre. Il ne fait qu'aggraver son cas !

— Je suis commis d'office ! réplique l'homme de loi. Vous comprendrez que je ne sois pas prêt à courir le marathon pour un client que je viens de rencontrer il y a quelques minutes et que je ne reverrai plus après cette reconstitution.

Le fugitif prend rapidement de l'avance sur ses poursuivants. Son ombre zigzague entre les arbres puis disparaît.

Le ciel est tellement sombre qu'on ne distingue rien. La pluie continue de tomber. L'orage se rapproche. De plus en plus boueuse, la terre se colle aux semelles et ralentit la progression des policiers.

— Attention, les gars ! s'alarme l'adjudant qui dirige l'escouade. Je connais l'endroit. Il y a un étang pas loin, et tout autour ce sont des marécages.

La pluie est diluvienne. Une véritable tempête s'abat sur la forêt.

— Un temps de fin du monde ! s'exclame Machelles. Qu'est-ce qu'il lui a pris à Porte ? Il est fou ce prêtre ! Il croit quoi ? Nous échapper ?

Au loin, entre les troncs, les policiers aperçoivent une étendue miroitante qui scintille à la lueur des éclairs.

— Avec ce temps, l'endroit est très dangereux. On s'y enfonce ! prévient de nouveau l'adjudant. Si Porte est par là, il n'ira plus très loin.

L'escouade débouche bientôt à l'orée d'une clairière entourant un étang. Sa surface est troublée par des vaguelettes provoquées par la tempête.

— Il est là-bas ! s'écrie Rousseau en pointant son index vers sa gauche. Allons-y ! On le tient !

— Stop ! commande l'adjudant. C'est trop dangereux.

Le commissaire Machelles arrive sur les lieux, accompagné de la juge et de son greffier.
— Le prévenu est en train de s'enliser ! crie-t-il.
— Affirmatif, confirme l'adjudant, mais je ne peux pas risquer la vie de mes hommes pour aller le rechercher. Regardez ! On ne peut plus avancer. On s'enlise nous aussi.

À deux cents mètres de là, l'abbé Louis Porte s'enfonce dans la vase. Amaigri par des journées de jeûne, chaussé et vêtu légèrement, il a réussi dans un premier temps à franchir l'étendue liquide, avant de se faire aveugler par la pluie et les éclairs. Désorienté, il n'a plus su alors dans quelle direction s'enfuir. Le marécage a eu raison de lui.

Désarmé, il constate que son corps glisse lentement mais inexorablement vers l'abîme. Après avoir lutté il s'est résigné avec calme. Le regard tourné vers le ciel qui s'illumine sous l'effet des éclairs, il prie en joignant les mains.

— Merci, mon Dieu, merci d'avoir entendu mon appel. Merci de ne pas me livrer à la justice des hommes. J'ai échoué dans mon sacerdoce. Pourtant, j'ai tout tenté. Puissiez-vous me pardonner !

Les yeux clos, le prêtre courbe la tête pour recevoir on ne sait quelle bénédiction divine. Il porte la main à la petite croix métallique accrochée sur sa veste, signe distinctif de son état, lorsqu'un grondement sinistre ébranle la forêt. Les enfers semblent surgir des entrailles de la terre tandis qu'un immense éclair déchire la nuée. Un cri effrayant retentit : l'orage, tel l'ultime jugement de Dieu, vient de foudroyer le pêcheur.

Les policiers sont pétrifiés par ce qu'il vient de se produire. Que s'est-il passé exactement ? Manifestation malheureuse d'éléments naturels ou intervention de l'au-delà ? Le capitaine Rousseau se signe en fixant un petit ruban de fumée qui, du marais, s'évapore dans l'air au gré du vent redevenu brise.

Comme par enchantement, la tempête s'apaise. L'orage s'éloigne. La pluie cesse.

Machelles est le premier à rompre le silence. Il donne des instructions à l'adjudant qui transmet à ses hommes. On convient de sécuriser le site en laissant sur place plusieurs agents jusqu'à l'arrivée de la police scientifique.

Bouleversés, les autres regagnent en silence les véhicules garés en bordure du bois. On se sépare. Armelle Mercier, qui n'a pas prononcé une seule parole depuis que sa reconstitution s'est soldée par la mort du prévenu, prend place à côté de son greffier. Direction : le tribunal. Devant le fourgon, l'adjudant commente :

— Après tout, ce n'était qu'un assassin ! Il n'a eu que ce qu'il méritait. Un jour, j'ai un copain qui m'a parlé de justice immanente. Ce doit être ça !

Rousseau réplique :

— Je trouve que vous le condamnez bien vite !

— C'est bien ce que la juge disait ? insiste l'adjudant.

— Elle instruisait l'affaire, précise le commissaire Machelles. Un juge d'instruction ne juge pas. C'est le rôle du tribunal. C'est vrai que le pauvre n'est peut-être pas le seul coupable.

— Ah bon ? interroge l'adjudant impatient d'entendre l'argumentation de son supérieur.

— Oh ! Je ne parle pas, bien sûr, de ce qui s'est passé dans le bois. Mais si on regarde un peu plus loin, on s'aperçoit que ce type a été élevé dans une famille de la vieille bourgeoisie provinciale. Une famille bien comme il faut où les parents voulaient que parmi leurs enfants il y ait un militaire, un notaire et un ecclésiastique. C'est tombé sur lui alors qu'il n'était pas fait pour cette fonction. Pressions et manipulations familiales. Ensuite, on le scolarise dans une école confessionnelle. Nouveau bourrage de crâne. L'enfant se croit appelé, l'engrenage se met en route et il est pris dans un système. Les coupables ? Il y en a tout le long de sa route d'adolescent. Tout ce joli monde s'est appliqué à le convaincre qu'il avait la vocation. Il a fini par le croire. Et voilà comment ça se termine ! Quel gâchis ! Alors, voyez-vous, les véritables coupables n'étaient peut-être pas ici aujourd'hui.

— C'est sûr que si on s'attarde sur tous ces détails, fait l'adjudant peu convaincu, tous les criminels sont des enfants de chœur.

Commissariat central, le même jour.

L'agent féminin de service à l'accueil interpelle le lieutenant Gérard qui passe devant elle, un gobelet de café à la main.

— Lieutenant, lui dit-elle en le gratifiant d'un large sourire, une dame, répondant au nom d'Ève Rivail, demande à être reçue par vous.

— Pourquoi moi ? Ce n'est pas moi qui assure la permanence aujourd'hui.

— Elle insiste. Elle prétend vous connaître.

Gérard jette un coup d'œil furtif en direction de l'open-space et remarque, avec surprise, que la dame n'est autre que la prêtresse des Témoins de Lucifer. Il l'avait en effet aperçue lors d'une visite chez Bachelard, mais de là à prétendre le connaître…

Il lui propose de le suivre dans son bureau. Sa chevelure, son maquillage, sa tenue vestimentaire, tout en elle respire la félinité.

— Que puis-je pour vous, madame…
— Madame Rivail ! Ève Rivail ! Vous savez qui je suis ?
— Oui. J'ai eu l'honneur de vous rencontrer par deux fois. Vous êtes la danseuse aux pieds nus d'une secte qui s'appelle les Témoins de Lucifer.

Devant la moue boudeuse de la visiteuse, le lieutenant reprend, interrogateur :
— Je me trompe ?
— Absolument ! réagit-elle, visiblement contrariée. Je suis un médium. Un véritable médium ! Pas un de ces charlatans qui courent les rues ! Je ne sais ce qui me retient de partir mais le devoir me dicte, malgré votre insolence, de rester.
— Excusez-moi ! sourit le lieutenant en levant les bras en signe d'apaisement. Je ne voulais pas vous vexer. Vous parlez vraiment avec les esprits des morts ?

La féline se raidit sur sa chaise et s'exclame :
— Mon nom, Rivail, ne vous dit rien ? Depuis des générations notre famille compte de nombreux médiums.

Gérard reconnaît son ignorance.
— Bien sûr, relève la dame, la police, ce n'est quand même pas l'Académie des sciences !
— Surtout lorsqu'il s'agit de sciences occultes ! complète le policier sans se départir de son calme.
— Et si je vous parle d'Allan Kardec ? Ce nom vous dit peut-être davantage ?
— Pas plus, madame !
— Eh bien, monsieur, sachez qu'Allan Kardec est un célèbre magicien et médium du 19e siècle. Il est mort à

Paris en 1869 et enterré dans le cimetière du Père Lachaise. Sa tombe est une des plus visitées et fleuries de ce cimetière car il continue à prodiguer ses bienfaits aux fidèles qui croient toujours en ses pouvoirs.

— J'en suis très heureux, mais quel rapport avec vous ?

— Excusez-moi. Je m'emballe et j'allais oublier l'essentiel ! Allan Kardec n'est évidemment pas son véritable patronyme ! En plein romantisme cela faisait plus oriental et plus mystérieux qu'Hyppolite Rivail.

— Je comprends tout maintenant. Vous êtes…

— Une arrière-petite nièce et je possède les mêmes dons que lui.

— Ceci dit, se hasarde le policier, je pense que vous n'avez pas demandé à me voir simplement pour le plaisir de me dérouler votre arbre généalogique ?

— Effectivement, susurre la féline. Comme je vous le disais, je suis un médium sérieux et tente, par ce don, d'apporter soulagement et réconfort aux personnes qui me consultent.

— Y compris lors de vos interventions publiques comme avec les Témoins de Lucifer ?

— Dans ce cas, c'est un peu différent. La communauté – parce que nous sommes une communauté et non une secte – m'utilise à des fins collectives pour appeler sur l'ensemble des participants la protection du même esprit. Bref ! Venons-en à l'objet de ma visite.

— Je vous écoute.

— Comme tout le monde, j'ai entendu parler par les journaux et le bouche-à-oreille de cette histoire de meurtre dans un cimetière et d'un bébé qui était dans le ventre de sa mère et dont le corps n'a pas été retrouvé. Je ne veux pas avoir d'ennuis avec la justice. S'il m'arrive accidentellement de prêter mon concours à des manifestations un peu déjantées, il y a des limites que ne franchirai jamais.

— Je ne vous suis pas, madame. Quel rapport avec ce bébé disparu ?

— J'y viens. Je voulais auparavant vous faire connaître mon état d'esprit ! Je sais, puisque vous avez interrogé Bachelard, que vous vous intéressez aux faits et gestes des groupuscules spirituels. Je préfère donc prendre les devants car un jour ou l'autre vous allez me tomber dessus.

— C'est, en effet, possible.

— J'entretiens aussi des relations épisodiques avec les Disciples de Hadès.

— Dont le gourou est un certain Melchior Balthazar ?

— C'est de lui que je veux vous parler. Il y a peu, il m'a contactée pour me demander si j'acceptais, en qualité de médium, de participer à une sorte de messe noire. Vous ne savez peut-être pas non plus ce que c'est ?

— Désolé de vous contredire mais je sais parfaitement de quoi il s'agit. Une parodie de cérémonie religieuse au cours de laquelle on sacrifie un bébé ! Mais nous sommes au 21e siècle, pas au 18e.

— Oui. Malheureusement, je crains que cela ait encore lieu de nos jours. C'est monstrueux et j'ai évidemment refusé.

— Et vous pensez que le cadavre du bébé disparu serait...

La féline l'interrompt :

— Je ne pense rien. Je vous rapporte un fait. Je vous laisse le soin d'en tirer les conclusions qui s'imposent!

Chapitre 29
Cimetière du Lion d'Angers.

Dans une voiture banalisée, deux policiers, un homme et une femme, assurent la sécurisation du site.

Le curieux manège d'une Skoda qui passe et repasse lentement les intrigue. Ses occupants paraissent inspecter les environs puis se garent un peu plus loin. Les policiers se baissent juste avant que la lumière des phares ne balaie l'intérieur de leur véhicule.

Par la vitre entr'ouverte ils perçoivent des bribes de la conversation. L'un des hommes se met en devoir de vérifier qu'il n'y a personne dans les voitures stationnées à proximité. Un autre le rappelle :

— Reviens ! On perd du temps.

— Que font-ils ? chuchote le policier à sa coéquipière.

— Ils ont peut-être l'intention de cambrioler une villa ! S'ils préparent un coup on pourrait les prendre en flag. Qu'en penses-tu ?

— Pas question, s'oppose le sergent. Nos instructions sont précises. Nous sommes là pour le cimetière et pour rien d'autre !

Les policiers se redressent légèrement, juste assez

pour voir les trois inconnus pénétrer dans le cimetière. L'un d'eux siffle deux coups brefs et trois comparses rappliquent. Le dernier referme la grille derrière lui en évitant d'en faire grincer la ferronnerie.

— Ils n'ont pas plus de vingt ans, remarque la policière. Qu'est-ce qu'ils vont faire dans un endroit pareil ?

— Je vais les suivre, dit son collègue. Toi, tu fais le guet et à la moindre alerte tu m'appelles. Je me mets sur vibreur.

Elle le suit des yeux jusqu'à ce qu'il entre dans le cimetière. Une forme humaine se faufile derrière lui juste au moment où la policière se baisse pour récupérer son carnet de notes tombé entre les deux sièges. Reprenant son poste d'observation, quelques secondes plus tard, elle remarque que la grille est ouverte et s'en étonne.

Elle appelle son collègue pour le prévenir mais son téléphone sonne dans le vide. Elle réitère plusieurs fois l'opération. Le répondeur se déclenche. Que se passe-t-il ? Craignant qu'il lui soit arrivé un problème, elle contacte des renforts.

Un fourgon, sans gyrophare ni sirène, arrive rapidement sur les lieux. Une demi-douzaine de policiers en descend. On relève l'immatriculation de la Skoda et deux gardiens de la paix restent en faction devant la grille tandis que les autres suivent la policière à l'intérieur du cimetière.

Le crissement des pas sur les allées prévient les inconnus qui se dispersent entre les tombes pour tenter de regagner la sortie. Mais la course-poursuite est de courte durée. Les six noctambules sont appréhendés et menottés. La policière libère son équipier que les jeunes ont bâillonné et ligoté en prenant bien soin, toutefois, de l'asseoir confortablement sur le rebord d'une tombe.

— L'un des leurs devait faire le guet à l'intérieur, déclare-t-il et il m'a sauté dessus dès que je me suis enfoncé dans les allées.

La policière acquiesce, soulagée que sa négligence soit passée inaperçue.

Au matin, le commissaire Machelles prend connaissance des comptes rendus d'audition. Les jeunes sont des étudiants en médecine qui viendraient chercher dans les cimetières ce qui leur manque pendant les cours de dissection. Aucun ne reconnaît toutefois avoir effectué de profanation dans le cimetière de Châteauneuf, et encore moins d'avoir exhumé puis volé un corps entier. Comme l'a précisé le plus hardi d'entre eux : « Nous ne sommes pas des docteurs Frankenstein ».

Ils se sont également expliqués sur l'agression du policier. N'étant pas en uniforme, ils l'ont pris pour une personne à la recherche d'un mauvais coup ou sur le point de commettre un acte de vandalisme. Aussi, ils l'ont ligoté pour le rendre inoffensif mais comptaient bien le libérer avant leur départ, certains qu'il n'irait pas raconter sa mésaventure à la police.

Verdeau commente :

— Ce ne sont pas de mauvais bougres. Ils tremblaient tous à l'idée d'être radiés de l'ordre des médecins alors qu'il leur reste encore six ans avant d'y être admis !

— Il n'empêche qu'ils sont coupables d'un délit condamnable.

— Qu'est-ce qu'on en fait ?

— On les défère au parquet. J'ai tenté de plaider leur

cause auprès du procureur mais il ne veut rien entendre. Il pense avoir trouvé la solution à l'affaire Bouron et je ne vous cache pas qu'il veut clore ce dossier au plus vite.

Les deux policiers échangent un regard qui en dit long. L'un comme l'autre savent que l'affaire Bouron est loin d'être résolue, mais comment poursuivre des investigations sans dépouille et donc sans autopsie ?

— Il y a aussi cette histoire de bébé à éclaircir ! rappelle le commandant. Doit-on croire ce que nous a raconté la môme Rivail ? Elle a partie liée avec Bachelard. Ils font front commun contre Balthazar ! Une guerre pour enfoncer l'ennemi concurrent !

— Madame Rivail nous a parlé d'une éventuelle messe noire. C'est une accusation très grave. Il faut donc revoir Balthazar et le sonder. Nous sommes peut-être en présence d'un fou qui se croit être la réincarnation de Gilles de Rais. Qui sait !

— Et pour le dossier de Mélanie Bouron ?

— Faîtes ce que votre conscience vous dicte ! Mais avec discrétion.

Dans une rue d'Angers

Le lieutenant Gérard commence à éprouver pour la jolie Charlotte des sentiments qui vont bien au-delà de la simple compassion. Aussi se hasarde-t-il à l'inviter à déjeuner sous le prétexte de lui rendre compte des avancées de l'enquête. La jeune femme accepte volontiers.

Ils s'installent à l'ombre de la terrasse d'une pizzeria du quartier. Tout intimidé, Gérard n'a plus l'aplomb que lui confère son grade de lieutenant. Charlotte s'en rend compte et fait tout pour le mettre à l'aise. Elle y réussit fort bien et le policier termine son rapport en l'assurant de son dévouement et de sa volonté de mener son enquête à son terme.

Son devoir accompli, il se laisse aller à quelques confidences personnelles afin d'entraîner la jeune femme sur des sujets plus anodins et trouver des centres d'intérêt qu'ils partagent l'un et l'autre.

Commencé dans un climat protocolaire, le déjeuner se termine dans une ambiance de franche camaraderie, porteuse d'espoir pour les ambitions sentimentales du jeune homme.

Commissariat central.

Verdeau recentre son enquête autour de la mystérieuse voiture de fonction qui a passé deux jours dans la cour de l'hôpital avant de filer à 200 à l'heure sur l'autoroute en direction de Paris. Il identifie le propriétaire grâce au fichier des cartes grises, puis alimente son dossier en contactant d'anciens camarades de promo travaillant désormais pour le SPHP, le service de protection des hautes personnalités, dont la tâche consiste, entre autres, à protéger les occupants de ce type de véhicules quand ils entretiennent des liens avec l'État.

Le commandant apprend donc que la limousine appartient au groupe TGC, un holding très puissant détenant des intérêts aussi bien dans la finance, l'assurance, les transports que l'énergie, avec des ramifications dans le monde entier. Installé dans un immeuble sobre du quartier de la Défense, sa communication reste discrète. Pas de logo surdimensionné flottant devant la façade, ni d'enseigne lumineuse visible à des lieues à la ronde. Certaines sources font état de liens étroits qu'entretiendraient ses responsables avec plusieurs départements de la Défense nationale. Son président, un certain Noël Roc dont il est difficile de dresser le CV, ne donne aucune interview et ne participe à aucun dîner. Il est d'ailleurs invisible sur le net, sa photo n'étant pas disponible. Sur le plan politique le groupe soutiendrait autant la droite que la gauche.

Cela veut dire qu'ils doivent cracher à tous les bassinets, pense Verdeau en relisant ses notes. Ils se font des amis partout mais n'ont qu'un seul parti : le leur ! Que fait cette berline à Angers quand son propriétaire, un consortium énorme, est basé à Paris ? Certainement pas des livraisons ! Qui sont les passagers de ce mystérieux véhicule ? Et que viennent-ils faire à la clinique Marguerite ?

Chapitre 30
À l'évêché.

— Il ne faut pas perdre espoir ! s'exclame réjoui monseigneur Larose. Le ciel nous est venu en aide. Dieu a préféré éliminer lui-même celui qu'il estimait ne plus pouvoir honorer la fonction de prêtre.

— La nouvelle du décès du frère Louis Porte est donc déjà arrivée jusqu'à vous ? s'étonne le vicaire général.

— Eh oui ! confirme gaiement l'évêque. J'ai mes propres sources.

— Quel drame ! soupire le vicaire général en dodelinant de la tête.

— Un drame ? Oui, bien sûr ! admet le prélat. Mais un drame qui en évite un autre, bien plus grave encore.

— Vous avez raison. Dieu est intervenu au bon moment !

— Absolument ! approuve l'évêque en levant les bras au ciel. Dieu a voulu éviter que son église soit éclaboussée par un formidable scandale à l'occasion d'un procès. Nos ennemis se seraient fait un malin plaisir à monter tout cela en épingle et à ramener à la surface des affaires anciennes oubliées de tous. Ils en auraient profité pour généraliser et affirmer que tout le clergé est à la solde du diable. Cela aurait fait les beaux jours de nos frères ennemis, les réformés, sans compter les musulmans, les bouddhistes, et j'en passe.

Le vicaire général brandit joyeusement deux ou trois journaux et complète les assertions de son supérieur :

— Vous avez raison. L'affaire fait à peine l'objet d'un entrefilet dans les pages intérieures. Alors que s'il y avait eu procès nous aurions eu droit à cinq colonnes à la une !

— N'en est-il pas mieux ainsi ?

— Sans nul doute ! soutient le vicaire général qui retrouve sa sérénité coutumière.

— Bon ! Passons maintenant à notre ordre du jour. Quelle paroisse dois-je visiter dimanche prochain ? Les circonstances s'y prêtant, je vais préparer une prédication en partant de l'histoire du jugement de Salomon.

Commissariat central.

L'un des étudiants en médecine qui a été appréhendé la veille demande à être reçu par un officier de police. Il souhaite compléter sa déposition.

Gérard le reçoit en salle d'audition.

— Vous avez oublié un détail ? interroge le policier.

— Je pense que c'est plus qu'un détail, dit-il. Hier, on l'a reconnue ! Mais on avait assez de problèmes comme ça, alors on n'a rien dit.

— Expliquez-vous ! le brusque Gérard.

— La photo que vous nous avez montrée ! s'exclame l'étudiant.

— Mélanie Bouron ? La dame qui n'était pas dans le cercueil qu'on a exhumé ?

— C'est cela. Et bien je peux vous affirmer qu'elle est morte. Ça ne fait aucun doute.

— Nous en étions quasiment certains mais comment pouvez-vous en être si sûr ?

— Nous l'avons vue à la fac de médecine.

Le lieutenant fronce les sourcils.

— C'est curieux, s'étonne ce dernier. Sa famille ne nous a jamais dit qu'elle fréquentait cet endroit !

L'étudiant ne peut s'empêcher de rire.

— Mais non ! fait-il en se prenant la tête dans les mains. Elle était sur la table de dissection, pas à la cafétéria ! C'est son cadavre qu'on étudiait.

Gérard saisit aussitôt l'absurdité de sa remarque, certainement influencée par ses sentiments pour la jeune Charlotte. Il aurait tant aimé lui dire : « Votre mère est vivante ».

— Vous êtes sûr de vous ? insiste le lieutenant.

— Oui ! confirme l'étudiant en opinant du chef. Pourtant, ce n'était pas évident. D'un côté, on vous montre la photo d'une personne bien vivante, et de l'autre vous avez un cadavre bien mort dont l'arrière du crâne est très abîmé.

— L'arrière du crâne ? s'étonne encore le policier.

— L'arrière du crâne était ouvert et la cavité avait été vidée. Il manquait le cerveau.

— Je suppose que ce cadavre s'était déjà baladé dans une autre salle de dissection avant de vous être livré ? se hasarde le lieutenant.

— Je ne sais pas !

— Tout à l'heure vous avez dit : « On l'a reconnue ». Vos camarades pourraient-ils corroborer votre témoignage ?

— Oui ! confirme le jeune homme. Nous en avons discuté après notre départ du commissariat, mais ne vous attendez pas à leur visite. Avec votre descente, ça va chauffer dans certaines chaumières. Moi, c'est un peu différent : mes parents ne sont pas sur mon dos.

— Et le nom du professeur qui a animé ce cours de dissection ?

— Le professeur Plante.

Paris, périphérique extérieur

Une Peugeot haut de gamme aux vitres teintées dépasse une voiture de police qui patrouille sur le périphérique extérieur.

— Tiens, regarde ! dit le policier qui conduit. J'ai aperçu cette 507 dernier modèle dans les véhicules recherchés. Vérifie l'immatriculation !

Le passager déplie la liste actualisée que son supérieur lui a remis quelques heures plus tôt. Les instructions sont claires. Pour ce véhicule : le suivre, noter son parcours et tenter autant que possible d'identifier ses occupants.

— L'immatriculation correspond, confirme le sergent.

— On va rester à distance, fait son collègue. On est un peu trop visibles pour lui coller au train.

La berline quitte le périphérique à la porte Maillot et s'engage dans Neuilly. Les policiers ne la perdent pas des yeux en dépit du va et vient de la circulation. Elle parcourt environ un kilomètre puis disparaît dans un parking souterrain.

— Qu'est-ce qu'on fait ? demande le conducteur en prenant la contre-allée.

— On dirait que la promenade est terminée, dit l'autre. On va noter l'adresse et rentrer au commissariat.

Mais tandis que la voiture de police s'apprête à prendre

sur la gauche pour rejoindre Paris, le chauffeur aperçoit la berline dans son rétroviseur.

— Vise un peu. La revoilà ! annonce-t-il en tapant sur le bras de son coéquipier. Le chauffeur a dû déposer quelqu'un et il repart à vide.

— Ou l'inverse ! Il a aussi bien pu prendre des passagers.

— Elle tourne ! constate le conducteur.

Les deux véhicules remontent bientôt l'avenue de la Grande Armée, contournent la place de l'Etoile, descendent les Champs-Elysées et bifurquent sur l'avenue de Marigny. Au carrefour de la place Bauveau le feu est rouge. Ils se retrouvent portière contre portière.

— Tu vois quelque chose ? demande le policier qui conduit.

— Je ne peux pas vraiment tourner la tête, dit l'autre. De toute façon les vitres sont entièrement teintées. T'imagines que ce soit quelqu'un de la maison ! On aurait l'air malin !

La grille du ministère de l'Intérieur se dresse en effet droit devant eux.

— C'est bon, il a mis son clignotant, le rassure son collègue.

Le feu passe au vert. La Peugeot longe la rue Saint-Honoré et disparaît un peu plus loin sous une lourde porte cochère.

Abasourdis, les deux policiers s'interrogent.

— Je ne le crois pas ! s'exclame le sergent.

— Quand nous allons dire ça aux collègues... Je pense qu'ils ne vont pas en revenir ! En général, ceux qui entrent ou sortent d'ici, on nous demande de veiller sur eux pas de les épier !

Chapitre 31
Faculté de médecine d'Angers.

La déposition de l'étudiant ouvre la voie à un champ d'investigation qui permettra peut-être à la police de découvrir la vérité sur le décès de Mélanie Bouron. Le commissaire en fait grand cas et confie ce dossier au jeune lieutenant.

Plutôt que de rencontrer le professeur Plante à la clinique, ce dernier préfère l'interroger là où il enseigne. Il se rend donc à l'école de médecine, attend patiemment la fin de son cours magistral et le rejoint dans l'amphi. Le professeur finit de ranger ses dossiers dans une serviette. Il lève la tête, étonné, prenant le nouveau venu pour l'un de ses étudiants :

— Que désirez- vous ? Une précision ?

— Je suis le lieutenant Gérard de la police nationale, déclare l'officier en montrant sa carte. J'ai quelques questions à vous poser.

Le professeur grimace.

— L'affaire serait-elle d'importance pour que la police investisse un lieu dédié à l'enseignement ? Je n'ai pas beaucoup de temps à vous consacrer ! annonce-t-il, crispé.

— Il y a-t-il un lieu où nous serions sûrs de ne pas être dérangés ? demande Gérard.

— Suivez-moi ! répond le médecin, en s'efforçant de conserver son calme.

Il entraîne le policier dans un dédale de couloirs tantôt vides, tantôt encombrés de jeunes qui discutent en attendant leur cours. Ils empruntent l'ascenseur jusqu'au second et longent un corridor étonnamment désert. Le bruit de leurs pas résonne sur le carrelage. Le praticien s'arrête devant une porte fermée à clef. Une plaque indique son nom et son titre.

— Que voulez-vous savoir ? demande-t-il au policier, une fois qu'ils sont installés.

— En votre qualité de professeur, vous animez des cours d'anatomie. Vous réalisez donc des dissections, résume le lieutenant.

— C'est exact. Où voulez-vous en venir ?

— J'aimerais que vous me disiez comment vous vous procurez les cadavres utilisés dans le cadre de ces cours.

— Par les voies les plus légales qui soient, réagit vivement le médecin.

— Soyez plus précis, je vous prie ! le presse Gérard. Je suppose que les SDF et autres individus qui meurent sans identité et sans famille doivent largement pourvoir à votre approvisionnement.

— Mais pour qui nous prenez-vous ? s'énerve le professeur Plante. Ces gens de rien, comme certains les appellent, ne finissent pas sur nos tables de dissection. Il existe dans tous les cimetières un carré qui leur est réservé. Ils sont enterrés là aux frais de la communauté. Les nôtres – je parle des cadavres – sont les dépouilles de personnes qui ont fait don de leur corps à la science. Parfois, nous manquons de matériau – excusez l'expression – alors nous travaillons sur des maquettes et des mannequins. Enfin, tout cela est ensuite validé par des travaux pratiques en milieu hospitalier.

— Je suppose donc que vous vérifiez avec beaucoup de soin que tout est en règle, poursuit le policier.

— Absolument ! s'emporte l'homme de science sans laisser son interlocuteur terminer. Comment imaginer qu'il en soit autrement ?

— Vous tenez donc un fichier actualisé de toutes ces dissections ?

— Certes ! opine le praticien en consultant sa montre.

Impatient, il tapote le verre du cadran.

— Si vous n'êtes venu ici que pour assouvir votre curiosité, probablement légitime, lance-t-il irrité, nous reprendrons cette conversation une autre fois. Je n'ai plus de temps à vous consacrer.

Gérard sort de sa poche la photo de Mélanie Bouron et la montre au médecin.

— Connaissez-vous cette personne ? L'avez-vous déjà rencontrée ? demande-t-il.

Visiblement mal à l'aise le chirurgien fait mine d'examiner le cliché.

— Non ! Jamais vue ! Je devrais ?

— En effet ! reprend le policier.

— Alors rafraîchissez-moi la mémoire !

— Il s'agit de madame Mélanie Bouron dont le cadavre a disparu. La dernière fois qu'elle a été vue c'était sur une table de dissection d'un cours que vous animiez. Plusieurs de vos étudiants l'ont reconnue.

Le praticien prend un air étonné :

— Ah bon ! Cela ne me dit rien. Il est vrai qu'on ne peut

se souvenir de tout. Entre mes cours et mes consultations, je vois beaucoup de monde.

Le policier insiste :

— Regardez mieux ! L'arrière du crâne de ce cadavre était ouvert. Il manquait le cerveau.

— Dans notre profession, nous voyons tellement de corps atrophiés qu'il nous est bien difficile de se souvenir de l'un en particulier ! confie le médecin.

Il ajoute aussitôt :

— Ce n'est pas à cet étage que vous devez chercher. Nous autres, enseignants, ne gérons pas les dépouilles. Nous avons un préparateur en anatomie qui assure cette tâche et l'approvisionnement des salles, en fonction des instructions qu'il reçoit. Si vous voulez le rencontrer, je peux vous y conduire. Son local est au sous-sol.

Le lieutenant décline l'invitation.

— Je ne voudrais pas vous vexer, conclut le professeur en souriant, mais ce que vous me racontez-là ressemble fort à une blague de potache. Ils auront voulu, cette fois-ci, se moquer de la police !

Gérard est déstabilisé. Il songe effectivement à cette éventualité.

— Voulez-vous consulter le fichier des dépouilles ? lui propose Plante, en le faisant entrer dans une pièce attenante, encombrée de matériel informatique.

— Comment s'appelle votre disparue ? lui redemande-t-il aimablement en prenant place devant un ordinateur.

— Mélanie Bouron.

Le praticien allume l'appareil et clique sur une liste de noms.

— Je ne trouve pas ce patronyme, dit-il en tournant

l'écran dans sa direction. Vérifiez par vous-même !

En partie convaincu, le lieutenant remercie le professeur et prend congé. Est-il possible que l'étudiant ait voulu plaisanter ? Certains faits plaident pourtant en faveur de son témoignage. Mais si une tierce personne gère les macchabées, le professeur Plante ne serait donc pas responsable. Mélanie Bouron sur sa table de dissection ne relèverait en fait que d'une simple coïncidence. Que faire ? Chercher ailleurs ? Tout se mélange dans la tête du policier.

Il presse le bouton du rez-de-chaussée puis, pris de remords, appuie aussi sur la touche -1. Après tout, une visite inopinée à ce fameux préparateur lui permettra d'en apprendre davantage.

Les portes de l'ascenseur s'ouvrent sur un sous-sol désert, plongé dans une quasi-obscurité. Une odeur âcre, peut-être celle du formol, pique les narines du policier. Au fond du couloir, des bruits divers proviennent d'une salle éclairée. Il s'approche discrètement, frappe à la porte et l'entrebâille. Une personne se retourne.

Surprise et stupéfaction du lieutenant
— Lui ?...

Il referme aussitôt et s'enfuit par l'escalier.

Que d'émotions ! pense-t-il, en regagnant son Audi. Et dire que ses convictions auraient pu voler en éclats devant le baratin du professeur !

Commissariat central.

Dans la salle de réunion, l'équipe des enquêteurs est rassemblée autour du commissaire Machelles.

— Le puzzle Mélanie Bouron commence à prendre forme ! déclare-t-il. Une patiente décède dans une clinique ; les circonstances de sa mort sont obscures; on la croit enterrée mais elle ne l'est pas ; un témoin la reconnaît sur une table de dissection de la faculté de médecine ; l'enseignant est le médecin qui a soigné la disparue et, cerise sur le gâteau, le préparateur en anatomie est cette espèce de voyou-garde du corps que le lieutenant Gérard a croisé à la clinique. J'appelle cela une série d'indices concordants. Je vais en parler au juge. Peut-être acceptera-t-il, cette fois, de nous délivrer un mandat.

Verdeau intervient :

— Et la Peugeot aux vitres teintées ?

— Laissez tomber. Après tout, elle ne fait rien d'illégal ! On a le droit de se faire soigner où l'on veut ! Et vu qu'elle a ses entrées là où l'on sait... ça ne nous regarde pas.

Le commandant a du mal à cacher sa déception.

Chapitre 32
Un peu plus tard, toujours au commissariat.

Le commissaire Machelles annonce à son équipe que le juge a refusé de délivrer un mandat de perquisition pour la clinique.

— J'ai pourtant usé de tous les arguments, soutient-il, mais cela n'a pas suffi. Il considère que perquisitionner un établissement hospitalier est un acte très grave qui risque de jeter le discrédit sur l'ensemble de notre système de santé. Alors, il botte en touche.

— Il y a pourtant la plainte de mademoiselle Bouron et un cadavre qu'on n'a pas retrouvé ! insiste le commandant. Que lui faut-il de plus ?

— La plainte de mademoiselle Bouron ne repose que sur des intuitions. On ne dispose d'aucun élément tangible contre la clinique. Pas de dossier médical. Pas de dépouille à autopsier.

— Justement ! plaide Verdeau. La perte du dossier médical, ce n'est pas suspect, ça ?

— C'est insuffisant pour justifier une perquisition. Il faut chercher autre chose, à supposer qu'il y ait autre chose à trouver. Malgré tout, le procureur nous encourage à poursuivre nos investigations en évitant toutefois de nous focaliser sur une seule piste.

— On pourrait arrêter notre énergumène pour recel de cadavres, suggère le commandant.

— Bien sûr ! admet le commissaire. Cependant, notre accusation reste fragile. Elle ne repose que sur le témoignage de l'étudiant, et même si ses camarades acceptent de parler, n'oublions pas qu'on les a cueillis dans un cimetière, en pleine nuit...

Verdeau soupire.

— Continuez à fouiller ! l'encourage Machelles. On finira bien par découvrir la vérité.

Et comme il s'apprête à quitter le bureau, il ajoute :

— Figurez-vous que certains se sont émus du traitement qui a été réservé à l'abbé Porte, lors de la reconstitution, et que le ministre nous envoie l'IGPN. Ah ! Ces politiciens !

Angers. Sur le mail.

Depuis leur déjeuner à la pizzeria, le lieutenant Gérard rencontre souvent Charlotte pour la tenir informée des progrès de l'enquête. Ils se voient en général dans le jardin du mail.

La jeune femme se désole de l'absence de résultats concrets et du refus du juge d'accéder aux demandes de perquisition de la police. Gérard l'exhorte à la patience et l'assure que ses collègues et lui-même mettent tout en œuvre pour résoudre cette affaire.

— On me demande d'être patiente, se plaint-elle. Pendant ce temps, des criminels en blouse blanche continuent de sévir en toute impunité.

— Je ne doute pas que nous découvrions bientôt toute

la vérité, la rassure le lieutenant.

Charlotte soupire :

— Ma pauvre maman ! Où est-elle au lieu de reposer en paix ?

Chez Théodore Bachelard.

— Mon cher, vous pouvez déguster sereinement ce thé que je fais venir directement d'une de ces îles paradisiaques d'Indonésie.

— J'avoue, Théodore, que je me sens un peu plus serein. Néanmoins, nous nous devons de demeurer vigilants.

— Allons ! Ne soyez pas un oiseau de mauvais augure. Le danger est passé. Je vous l'assure.

— Je reconnais que l'affaire de ce prêtre nous arrange bien.

— Soyez-en certain. Avec ce que je sais, ils vont avoir la police des polices sur le dos et d'autres chats à fouetter.

— Évidemment ! Ils voulaient un assassin : ils l'ont. Ils cherchaient un cadavre : ils l'ont aussi.

Le visiteur déguste une gorgée de ce thé rare.

— Et puis, le peu de sang que nous versons parfois est une bénédiction pour l'humanité, poursuit-il. Alors, que diable ! C'est le cas de le dire ! N'y songeons plus !

— Il n'empêche que je continue à souffrir d'insomnie.

— Raisonnez-vous, mon cher. Le risque s'éloigne. Nous allons pouvoir reprendre nos petites diableries en toute sérénité.

— Souhaitons-le, souhaitons-le.

Angers, la nuit suivante.
Persuadés de l'implication de l'annexe dans la disparition du cadavre de Mélanie Bouron, Verdeau et Rousseau

se sont mis en tête d'apporter des preuves tangibles contre la clinique Marguerite. Aussi planquent-ils régulièrement aux abords de cette grille qui ne s'ouvre que pour laisser passer le mystérieux véhicule. Ils ont pris sur eux et sur leurs nuits pour que le commissaire ne s'oppose pas à cette initiative qu'il désapprouverait à coup sûr.

Alors qu'ils se partagent un reste de café et que la nuit n'est pas encore achevée, Verdeau s'exclame :

— Quel pétochard, ce juge ! Je suis sûr que tout se passe ici. Et le patron qui veut qu'on laisse tomber pour la Peugeot ! Quelque chose me dit que tout est lié !

— On est bien d'accord mais qu'est-ce que tu as derrière la tête ? demande le capitaine qui connaît le caractère aventurier de son collègue.

— Puisqu'on ne peut pas faire de perquisition officielle et que j'en ai marre de planquer sur mon temps libre, je vais aller voir seul ce qui se trame dans cet antre de la médecine.

— T'es fou ! s'inquiète Rousseau. Et si tu es surpris ? Ne sois pas si impatient. On va trouver autre chose.

— Je vais seulement jeter un œil à l'intérieur et je reviens. Ne t'inquiète pas ! fanfaronne le commandant. Juste le temps de trouver le petit grain de sable qui va enrayer cette belle machine.

— C'est de la folie ! Tu te mets en pleine illégalité.

Mais c'est peine perdue que d'essayer de le raisonner.

— Et comment vas-tu entrer ? demande Rousseau, de plus en plus inquiet. Tu vas sonner et t'annoncer au concierge ?

— J'ai toujours sur moi un minimum d'outils en cas de besoin.

— Et s'il y a quelqu'un à l'intérieur ? Tu lui dis quoi ? Je viens pour une consultation ? Ah ! Excusez-moi, je me suis trompé de porte !

— Tu regardes trop la télé ! À cette heure, il n'y a personne de ce côté-là. Probablement une infirmière et un interne de nuit.

— Et les malades ?

— Quoi, les malades ? Ils pioncent ! Le seul désagrément qui puisse m'arriver est de me retrouver face à une porte verrouillée !

— Et je fais quoi, moi, pendant ce temps ? J'attends sagement que tu reviennes comme le complice d'un vulgaire cambrioleur ?

— Tu as tout compris, ricane Verdeau. Tu fais le guet. Si tu t'aperçois de l'arrivée impromptue d'un quidam, tu me préviens. Mon téléphone est toujours sur vibreur.

Dans quelle galère je me suis embarqué ! pense le capitaine.

— À la moindre alerte tu reviens, d'accord ? lui fait-il promettre.

Le commandant sourit, enfile son blouson et sort discrètement du véhicule. Agenouillé devant la grille, il constate que ses petits outils ne serviront à rien car elle est commandée de l'intérieur.

À ce moment-là, passe une Fiat dont les phares balayent les façades des immeubles. En moins de temps qu'il ne faut pour le dire, le policier se redresse pour ne pas attirer l'attention des occupants.

L'alerte passée, il s'accroupit de nouveau et réfléchit. Il se rappelle avoir réussi à forcer manuellement le mécanisme d'une grille de magasin lors d'une intervention. Aussi, il s'arc-boute et tire de toutes ses forces vers le haut.

Le tranchant métallique de la grille lui coupe les mains. Le sang bat contre ses tempes. Les muscles endoloris, il s'apprête à relâcher son effort lorsqu'il entend un déclic libérateur à peine perceptible.

— Ouf ! soupire-t-il.

La grille ne bouge pas pour autant. Verdeau doit à nouveau bander ses muscles pour la soulever de quelques centimètres. Enfin, un dernier effort et le policier peut se glisser à plat ventre par-dessous.

De son observatoire, Rousseau regarde, médusé.

Chapitre 33
Devant la clinique Marguerite.

Les premières lueurs du jour éclairent la rue encore déserte. Au loin, on perçoit les sonorités habituelles de cette heure matinale.

Dans sa voiture, le capitaine Rousseau trouve le temps long et s'impatiente. Son inquiétude grandit de minute en minute. Il s'en veut de ne pas avoir réussi à convaincre son collègue de renoncer à son projet. Si ça se trouve, pense-t-il, il est maintenant dans la fosse aux lions.

Dans la clinique Marguerite.
Après avoir franchi la grille, Verdeau la remet en place, essuie ses mains salies avec un mouchoir et époussète ses vêtements.

Il progresse ensuite dans un couloir sombre en marchant sur la pointe des pieds. Il trouve une minuterie mais se garde bien d'en presser le bouton pour ne pas éveiller l'attention. On ne sait jamais. Il débouche rapidement dans la courette dont Gérard avait découvert l'existence lors d'une visite antérieure. Grâce à la pleine lune, il peut évaluer l'espace autour de lui. D'un côté, il aperçoit les murs blancs de la clinique où des néons allumés à certains endroits indiquent l'activité de l'équipe de nuit, de l'autre, un petit bâtiment de plain-pied ultra-moderne, noyé dans la plus complète obscurité.

Vêtu de noir, le policier peut s'y fondre facilement. Néanmoins, il n'est pas pour autant au bout de ses peines. Il lui reste à trouver le moyen de s'introduire dans cette annexe dont la porte est verrouillée.

Déjà elle n'est pas blindée. C'est un bon début. Il sort son outillage et se met au travail. Les minutes passent. Le temps presse. Les premières lueurs de l'aube lèchent la façade de la clinique. Cette porte qui lui semblait toute simple s'avère bien plus compliquée à ouvrir qu'il ne pensait. Il veut renoncer quand il lui vient à l'idée d'essayer la technique du lieutenant Gérard. Il sort alors de son portefeuille une carte plastifiée et la fait glisser entre le chambranle et la serrure. Il recommence plusieurs fois l'opération jusqu'à entendre un déclic réconfortant. La porte s'ouvre ! Il se glisse à l'intérieur, guettant un éventuel bruit ou mouvement suspect. Prudent, il s'avance. C'est alors qu'un coup violent dans le dos le projette au sol, face contre terre. Une lumière crue inonde en même temps tout l'espace. Il cherche à se redresser mais un type immense, déguisé en infirmier, lui balance un coup de pied dans les reins. Il se prépare à renouveler son coup bas lorsque le policier lui bloque la cheville des deux mains en appuyant très fort au niveau des articulations. L'homme hurle de douleur et recule en boitant. Pour Verdeau, ce dangereux spécimen ne peut être que l'individu que Gérard lui a décrit et qui assure, en plus de ses fonctions de gardiennage, la gestion du stock de cadavres de l'université de médecine.

Sans attendre de reprendre son souffle, Verdeau lui décroche un direct du droit en pleine poitrine. L'homme pousse un cri rauque et s'écrase sur le sol. Mais son agilité est surprenante. D'un coup il se relève et se précipite à son tour sur le commandant. Il le déstabilise, le bouscule, puis le maintient à terre.

— Toi, tu ne fuiras pas ! déclare-t-il. Décidément ! C'est le deuxième dans ton genre que je pique sur le fait. L'autre a réussi à s'envoler. Ce ne sera pas ton cas !

Verdeau tente de se libérer mais en vain ! Son agresseur doit peser une tonne !

— Qu'est-ce-que tu crois ? Qu'on entre ici comme dans un moulin ? Depuis le début, je te suis sur mon écran. La télésurveillance, tu connais ? Je voulais savoir ce qui t'intéressait avant de te massacrer !

Le policier reste muet, constatant qu'il se trouve dans une sorte de vestibule carrelé donnant sur une porte blindée.

Son agresseur le secoue violemment.

— Tu vas parler ? lui ordonne-t-il, le menton en avant. Que viens-tu chercher dans cette partie de la clinique ?

Verdeau redoute qu'il se mette à le fouiller et découvre son arme et son identité. Comment expliquer sa présence ici ? Il risque la radiation, sans compter qu'il a entraîné Rousseau dans cette aventure. Il faut absolument qu'il reprenne le contrôle de la situation ! Il épie les mouvements de son adversaire – une grosse brute sans cervelle – et tente un stratagème qui a déjà fait ses preuves, du moins dans les bandes dessinées. Il prend un air étonné, regarde par-dessus son épaule en ouvrant grands les yeux et s'écrie :

— Oh !

Instinctivement, le géant se retourne. Le commandant en profite pour se dégager et lui asséner un coup violent qui le fait hurler. Il l'immobilise aussitôt en lui retournant le bras dans le dos.

— Tais-toi ! ordonne-t-il ! Sinon, je vais employer les grands moyens. Qu'y a-t-il derrière cette porte de coffre-fort ?

— Il n'y a rien, grogne l'individu.

— Ne te fous pas de moi ! s'énerve le policier. En général, ce n'est pas le placard à balais qu'on ferme avec autant de précaution.

Tout en parlant, il accentue sa prise sur le bras.

— Alors ? Tu vas parler ? Maintenant c'est à mon tour de poser des questions !

— Il n'y a rien à voler là-dedans ! vocifère le gorille. Vous feriez mieux de détaler avant qu'on vienne.

— Je répète ma question ! insiste Verdeau en appuyant encore plus fort.

— C'est un bloc opératoire.

— Un bloc opératoire... Ici ? Hors des murs de la clinique ? Bizarre, non ?

— Pourquoi me demander ça ? couine l'homme. Que cherchez-vous ?

— Si on te le demande, lâche le policier, tu répondras que tu ne sais pas. Comment ouvre-t-on cette porte ?

— Je ne sais pas.

Nouveau tour de bras de Verdeau. Nouveaux grincements de dents du gorille.

— Arrêtez ! supplie-t-il. Vous allez me casser le bras.

— Ouvre la porte et j'arrête !

— Vous me tenez le bras. Comment je peux faire ?

Verdeau relâche son étreinte et menace :
— J'ai un flingue entre les mains. Alors, pas de gestes stupides car je n'hésiterai pas.
Frottant son bras endolori, l'homme se dirige lentement vers le fond de la pièce.
— Plus vite ! le presse le policier, que sa mèche de cheveux gêne à nouveau.
L'homme sort de sa poche un trousseau de clefs cruciformes et ouvre la porte blindée.
— La lumière ! ordonne Verdeau.
Docile, le drôle de personnage presse le bouton de l'interrupteur. Une lumière blanche jaillit des nombreux spots encastrés dans le plafond.
Verdeau le pousse à l'intérieur, espérant tirer de lui un maximum de renseignements qui mettront fin à leurs doutes.
Tout en le bombardant de questions, il observe le bloc opératoire. Au centre, une table d'opération et un important plafonnier parabolique qui diffuse une lumière parfaitement homogène. Aux murs plusieurs écrans indiquent que les interventions chirurgicales pratiquées dans cette salle nécessitent de nombreux moniteurs de contrôle.
Une troisième personne surgit derrière Verdeau et le pousse violemment contre celui qu'il tient sous la menace de son arme. Ce dernier la ramasse et les rôles s'inversent.

Chapitre 34
Devant la clinique Marguerite.

Le capitaine Rousseau s'inquiète de ne pas voir revenir son coéquipier. Toutes les cinq minutes, il consulte sa montre en écoutant d'une oreille distraite la radio de bord qui grésille. Il soupire. Il aurait dû l'empêcher de se lancer dans cette aventure. Le remords le ronge. Que doit-il faire ? Y aller lui aussi ? Rester en planque ? Mais combien de temps encore ? Informer sa hiérarchie de la situation ? Il hésite car ce serait condamner Verdeau à une sanction sévère.

La berline aux vitres teintées le tire de sa rêverie. Elle pointe le bout de son capot à l'angle de la rue et vient se poster devant la grille. Ce qui est singulier est que cette dernière ne s'ouvre pas comme à l'accoutumée mais juste un peu, laissant passer deux individus en blouse blanche. Une conversation s'engage entre l'un des deux et le passager. Rapide. Les gestes qu'observe Rousseau indiquent un fait inhabituel. La voiture fait brusquement marche arrière et s'éloigne à vive allure.

Pour Rousseau, cela ne fait plus aucun doute. Ce départ précipité est la preuve que les circonstances actuelles empêchent l'accueil du nouvel arrivant.

Après quelques secondes de réflexion, et ayant prévenu le commissariat, il décide de suivre la Peugeot.

À la sortie d'Angers elle prend la direction de Paris par la nationale. La circulation est fluide. Le soleil se lève et éblouit les automobilistes. Les derniers immeubles de la périphérie d'Angers disparaissent peu à peu du rétroviseur.

Dans la limousine aux vitres teintées.

— Monsieur le…

— Chut ! l'interrompt le passager. Lorsque nous sommes seuls, je vous ai déjà dit de laisser tomber les usages protocolaires. Et puis… je ne suis pas censé être ici, sur cette route.

— Ce contretemps est pour vous des plus dommageables ! s'inquiète le conducteur. Comment allez-vous faire ?

— Je fais entièrement confiance à mon ami le professeur pour résoudre définitivement ce problème.

— Vous voulez dire que…

Le chauffeur guette les réactions de son employeur. Même si son visage reste impassible l'incident le perturbe. Qu'un inconnu ait réussi à s'introduire dans ce qu'il appelle son antre de revitalisation menace ce qu'il cherche à cacher depuis tant d'années. Une petite clinique de province était l'endroit idéal pour protéger son secret. C'est sûr qu'il n'allait pas non plus se faire conduire dans un véhicule ordinaire. Il savait que ces vitres teintées finiraient un jour par attirer les regards. Mais qui pouvait s'intéresser à l'annexe si bien camouflée de cette clinique ?

Plongé dans ses pensées, le chauffeur s'aperçoit soudain qu'une voiture les suit depuis la sortie d'Angers.
— Patron ! s'exclame-t-il
— Oui, réagit celui-ci, comme si on venait de le réveiller.
— Patron ! Je pense que nous sommes suivis.
— Suivis, dis-tu ?
— Je le crains. Une voiture s'obstine à demeurer derrière nous depuis trop longtemps.
— Vérifie que ce soit le cas. Je t'ai déjà vu opérer en de telles situations par le passé.

Le chauffeur obtempère. Un œil rivé sur la chaussée et l'autre sur le rétroviseur, il accélère. Rousseau accélère à son tour. Il ralentit. Rousseau ralentit. Le manège se répète plusieurs fois sans que le capitaine ne saisisse les véritables raisons de ces variations.. Il n'a pas dormi de la nuit. La fatigue le gagne. Il ne se pose même pas la question. Il suit. Machinalement.

— Je confirme, patron. Nous sommes suivis.
— Il faut agir, insiste le passager. Savoir qui il est. Ensuite, nous aviserons. À l'embranchement, prends la départementale qui mène à Sablé. Nous y serons plus tranquilles pour bloquer ce curieux !

Sans réfléchir, Rousseau s'engage à leur suite dans cette voie jalonnée de nids-de-poule et bordée par un fossé. Au-delà, les champs et les prés sont délimités par de grosses barrières en rondins.

La limousine profite d'un bosquet et d'un rétrécissement de la chaussée pour stopper net et se mettre en travers de la route. Surpris, Rousseau réagit tardivement mais freine à fond pour ne pas emboutir la Peugeot. Coincé, il ne peut ni la doubler ni faire demi-tour. Le chauffeur descend et lui ordonne de sortir, sous la menace d'une arme. Rousseau hésite. Ne devrait-il pas décliner sa qualité de policier ? Son agresseur l'empoigne par le col de sa veste et l'extrait de sa voiture. Le capitaine essaie de parler mais l'autre l'interroge sans écouter.

— Pourquoi nous suivez-vous ?

— Absolument pas ! rectifie Rousseau, apeuré par la présence de l'arme. Je n'y peux rien si nous suivons le même chemin.

— Je n'en crois rien, insiste son adversaire. Que cherchez-vous ?

Le capitaine s'avance.

— Ne bougez pas et levez les mains !

Le chauffeur le fouille et tombe sur son arme de service et sa carte professionnelle.

— La police ! Quel service ? Pourquoi cette filature ?

Tétanisé et désarmé, Rousseau ne sait que répondre. La vitre arrière s'ouvre.

— Je m'en doutais un peu ! dit calmement le passager. Le professeur Plante vient de me faire un compte-rendu détaillé de ce qui se déroule en ce moment à la clinique. Mais il va prendre les décisions qui s'imposent. À nous d'agir de même.

Rousseau aperçoit alors le visage de l'homme. Un profil bien connu. Il demeure abasourdi.

— J'hallucine ! s'exclame-t-il, comme si la surprise de découvrir l'identité du mystérieux occupant le rendait incapable de penser en silence.

Le chauffeur le frappe alors au visage avec la crosse de son pistolet. La tête de Rousseau ricoche contre le blindage de la carrosserie. Il titube et s'effondre.

— Vous n'y êtes pas allé de main morte ! constate son patron.

— Il aurait parlé !

Le chauffeur se penche au-dessus du policier et cherche son pouls.

— Après tout, ce n'est qu'un malheureux accident, conclut-il en se relevant.

— Réinstallez-le dans sa voiture et partons d'ici, commande le passager en remontant sa vitre.

Chapitre 35
Clinique Marguerite.

La situation devient de plus en plus critique pour le commandant Verdeau. Tandis que le nouveau venu, qui n'est autre qu'un médecin, pénètre dans la pièce, le gorille en profite pour reprendre la situation en mains et maîtriser rapidement le policier.

— Qu'est-ce-qui se passe ? demande le praticien.

— Cet individu cherchait à s'introduire ici.

— C'est embêtant ! Que cherche-t-il ?

— Il veut savoir ce que nous faisons dans ce bloc, répond le gorille en attachant les mains de Verdeau avec du sparadrap.

— Asseyez-le ici. Le professeur Plante qui doit arriver d'une minute à l'autre règlera son cas.

Vêtu d'une blouse blanche fermée jusqu'au col et coiffé d'une charlotte, ce dernier pénètre dans la salle d'opération, suivi par deux infirmiers poussant un chariot de transfert sur lequel gît un corps enveloppé dans un drap.

— Tout est prêt ? s'informe-t-il. Notre très cher patient va arriver incessamment sous peu.

— Professeur ! s'alarme son adjoint. Il y a un problème.

— Lequel ? s'inquiète Plante, constatant soudain la présence de Verdeau, immobilisé sur son siège.

Les deux hommes s'affrontent du regard. Le commandant cherche à se libérer mais le sparadrap tient bon.

Au même moment, l'homme sur le chariot s'exclame :

— Vous ici, commissaire ? Je ne savais pas que…

— Commissaire ? réagit Plante. Qu'est-ce-que cela signifie ? Vous êtes vraiment de la police?

Verdeau blêmit. Le gisant qui vient de le reconnaître n'est autre que Brandon Charpentier. Dans quel guêpier ce pauvre type s'est-il encore fourré ? se demande le commandant, tandis que le gorille fouille les poches de sa veste et en extrait sa carte professionnelle qu'il exhibe.

— C'est exact ! déclare Verdeau qui décide de jouer franc jeu. Comme l'atteste ma carte je suis policier, et votre intérêt est de me libérer immédiatement avant que les choses ne s'enveniment. Ma hiérarchie connaît ma position et ne va pas tarder à rappliquer.

— Votre visite n'a rien d'officiel, persifle Plante. Vous ne m'avez présenté aucun mandat et, me semble-t-il, vu les liens qui entourent vos poignets, vous vous êtes introduit de manière tout à fait illégale dans cette clinique.

— Il a forcé la porte, professeur, confirme le gorille.

— Vous voyez ! Par conséquent, je doute fort que vous ayez informé votre hiérarchie d'une action aussi déraisonnable.

— Je suis peut-être entré ici illégalement mais le commissariat sera vite au courant. Un collègue m'attend à l'extérieur. S'il voit que je ne reviens pas il donnera l'alerte.

— Je n'en crois rien, fait Plante. En revanche, j'estime que vous êtes en pleine forme physique et intellectuelle et que votre cerveau fonctionne normalement. C'est l'essentiel.

— Où voulez-vous en venir ? interroge le policier.

— J'ai justement besoin de cerveaux en excellent état et ce n'est pas si facile à trouver. Je vous l'assure.

Verdeau se remémore avec effroi le témoignage de l'étudiant : « L'arrière du crâne était ouvert et la cavité avait été vidée. Il manquait le cerveau. » L'épouvante s'empare du commandant qui tente désespérément de libérer ses poignets.

— Je recherche, pour l'illustre personnage que j'ai l'honneur de soigner, poursuit le professeur Plante, des donneurs isolés ou considérés comme tels. Vous comprenez ? Cela évite que les membres de la famille se mettent à poser des questions embarrassantes sur la cause du décès, toutes ces tracasseries dont on se passerait bien quand on a atteint un tel niveau dans la recherche médicale.

La recherche médicale ! Mais de quoi parle-t-il ? Verdeau essaie de se raisonner : il fait un mauvais rêve, c'est évident ! Il va se réveiller ! Cette scène est trop surréaliste.

— Parfois, malheureusement, déplore le chercheur, j'en suis réduit à des expédients. Je me contente alors de matériaux de faible qualité, comme ce minable imbibé d'alcool qui doit me servir pour ma prochaine intervention. Pas terrible, n'est-ce pas ? Mais vous, cet esprit inquisiteur…

Affolé, le policier observe sans comprendre le médecin-associé et les deux infirmiers qui restent silencieux, mais dont les regards semblent vénérer le professeur Plante. Il essaie de les ramener à la raison.

— Messieurs ! N'écoutez pas ce fou, je vous en conjure. Libérez-moi ! Mes collègues vont arriver d'un instant à l'autre. Je leur dirai que vous avez agi sous la contrainte. J'interviendrai pour vous auprès du procureur… Réfléchissez tant qu'il en est encore temps !

Le professeur Plante s'écarte à ce moment pour répondre à un appel.

— J'arrive ! Non, ne le laissez pas entrer. Nous avons ici un petit contretemps.

Se retournant vers le commandant :

— Vous, je vous règle votre compte dans une minute.

Soucieux, il quitte le bloc opératoire et se rend sur le parking. La Peugeot haut de gamme est là, engagée devant la grille qui s'ouvre à demi. Il s'en rapproche et discute avec son mystérieux passager.

Pendant ce temps, Verdeau use de tous les arguments pour convaincre ses gardiens de le laisser partir. Mais il se heurte à l'irrationnel : une admiration exaltée et un dévouement pour Plante qui le stupéfient.

— C'est un génie, s'exclame l'un des infirmiers.

— Et nous sommes fiers de l'assister dans ses extraordinaires travaux, ajoute l'autre.

— Quand un futur prix Nobel de médecine vous offre un rôle à ses côtés, vous ne vous arrêtez pas à des broutilles, explique le médecin.

Plongeant son regard dans celui du commandant, il déclare que la science a toujours exigé de nombreux sacrifices, citant des exemples pertinents et justifiés.

Sidéré par ce qu'il entend, le commandant est désormais convaincu qu'il a affaire à de dangereux fanatiques qui considèrent la mort de quelques « donneurs » comme une étape nécessaire au progrès. Il comprend alors qu'il a bien peu de chance d'être relâché.

Quand le professeur réapparaît Verdeau se met à gesticuler et à se débattre. Il bouge tellement qu'il tombe avec sa chaise. Le gorille le relève sans ménagement.

À court d'arguments il les menace de la prison à perpétuité. Leur parle du sort que l'on réserve dans les maisons centrales à des monstres de leur espèce. Il espère que Rousseau a prévenu le commissariat. Mais plus les secondes passent plus le doute le gagne.

— Ma hiérarchie sera là d'une minute à l'autre, dit-il bravement. Le commissaire est déjà au courant de vos pratiques douteuses. Il vous suspecte, tout comme moi, du meurtre de Mélanie Gouron. Vous feriez mieux de me libérer avant l'irréparable. Si je ne reviens pas au commissariat maintenant, vous allez avoir toute la police de la région à vos trousses.

— Ne vous fatiguez pas ! ricane le professeur. Mais le hasard fait bien les choses. C'est le ciel qui vous envoie au moment opportun. Vous allez collaborer à mon grand œuvre. En me faisant don de votre matière grise vous obtiendrez une certaine forme d'éternité. Vous allez avoir la consolation de revivre dans le cerveau d'un génie. Pour un flic comme vous, c'est inespéré !

— Je ne comprends rien à votre charabia ! s'énerve le commandant, que l'inquiétude gagne de plus en plus.

—Vous vouliez savoir ? Et je vais tout vous dire ! Je suis certain qu'ensuite, vous accepterez votre sort sereinement.

L'orateur s'enflamme. Son regard brille d'un éclat particulier. Verdeau plonge au plus profond de lui pour se souvenir de ces moments où il a échappé à la mort de justesse. Il croit en son étoile. Jusqu'à présent elle l'a toujours sauvé. Quelque chose va le sortir de là. C'est sûr. Mais il panique quand il voit l'adjoint du professeur s'approcher avec la seringue qui a endormi Brandon Charpentier quelques minutes plus tôt.

— Non, l'interrompt Plante. Pas maintenant ! Je veux qu'il sache, qu'il comprenne. L'autre, ce n'était pas nécessaire, vu l'état de ses neurones, mais là nous avons affaire à un donneur de premier choix.

— Est-ce bien nécessaire, fait le médecin. Vous savez comme moi que chaque minute qui passe...

— Laissez-moi terminer ! réplique Plante, que l'orgueil dévore et qui est tout excité à l'idée de parler de son œuvre.

Verdeau voit qu'il va pouvoir gagner du temps, un temps précieux. Il doit entrer dans le délire de ce fou dangereux. Lui poser des questions. Beaucoup de questions. Faire durer. Étirer les minutes. Il n'a pas été formé pour gérer des psychopathes mais il va improviser. Sa vie en dépend. Il va trouver les mots.

— Tout commence il y a un quart de siècle avec la naissance de mon fils, commence le professeur en marchant de long en large, de la table d'opération à la chaise sur laquelle est attaché Verdeau.

L'adjoint montre des signes d'impatience.

— Un beau petit bonhomme mais atteint de progéria.

Le peu de réaction que provoque chez Verdeau l'annonce de cette maladie met le professeur en colère.

— Je vois qu'avec vous il va falloir tout reprendre depuis le début. Vous êtes certainement astucieux mais peu cultivé.

— Je n'ai jamais entendu ce mot, avoue Verdeau humblement.

— C'est là tout le génie de ma recherche. La progéria est une maladie qui entraîne le vieillissement des cellules à une vitesse effrénée. L'enfant passe de l'état du nourrisson à l'état de vieillard en l'espace de quelques années. Je n'ai pu sauver mon fils. Il est mort à l'âge de six ans.

Verdeau fait de son mieux pour se composer une tête de circonstance.

— Cela doit être encore plus terrible à vivre quand on est médecin, dit-il avec empathie. Ne pas pouvoir sauver son enfant...

— Ce qui a été terrible c'est que j'avais entrepris sur lui des travaux de régénérescence cellulaire qui apportaient des résultats extraordinaires... J'avais presque trouvé ce qui pouvait le maintenir en vie sans aucun vieillissement prématuré.

— Que s'est-il passé ?

— Un mauvais calcul dans mes dosages... J'étais si près du but.

Le médecin assistant intervient :

— Professeur, ce n'est pas raisonnable. Nous perdons du temps. Je ne pense pas que ce policier soit intéressé par votre vie...

— Mais comment osez-vous m'interrompre comme vous le faites ! se met-il à crier. Rappelez-vous que sans mon intervention vous auriez été radié de l'ordre au bout d'un an de pratique !

— Je ne l'oublie pas, professeur, et je vous en suis chaque jour reconnaissant.

Plus calme, à l'adresse de Verdeau :

— Nous en étions où, mon petit ?

— Vous me disiez que vous étiez si près du but... que vous aviez trouvé ce qui pouvait le sauver.

— Oui, c'est cela ! Je vois que mon histoire vous intéresse.

S'adressant aux infirmiers.

— Éloignez-vous un peu avec vos seringues. C'est moi

qui donne le signal de chaque opération, mais là je parle ! Vous comprenez ?

Les trois hommes en blouse blanche reculent de deux mètres mais restent debout, prêts à intervenir.

Verdeau sait qu'il doit continuer à écouter le professeur en lui témoignant le plus grand respect s'il veut rester en vie.

Plante s'assoit en face de lui, croise les jambes l'une sur l'autre et baisse la tête comme s'il ne trouvait plus le fil de sa pensée.

— Vous me disiez que vous aviez presque trouvé pour votre fils. Que vous touchiez au but, lui rappelle Verdeau.

L'exaltation de Plante reprend le dessus.

— Oui, être si près du but et échouer, c'est terrible pour un scientifique de mon niveau. Je voulais presque tout arrêter quand on m'a amené ce nourrisson. On venait de lui diagnostiquer la progéria.

L'adjoint du professeur se manifeste à nouveau :

— Professeur. Il faut en finir. Le temps presse !

Excédé, Plante lui fait signe de s'éloigner.

— Je tenais ma vengeance sur le destin, enchaîne-t-il. Mû par l'affection que j'avais reportée sur le fils de mon bienfaiteur – car celui-ci a mis à ma disposition tout ce que je demandais – j'ai repris mes recherches et abouti rapidement à une solution. C'est là que j'ai commencé les greffes de cerveau... Mais il me fallait des donneurs... et...

— Je comprends, fait Verdeau pour montrer qu'il écoute.

— Non, vous ne comprenez pas, le reprend le professeur. Le problème c'est que la transplantation n'apporte qu'un répit très temporaire et qu'en l'absence d'une solution définitive, j'en suis réduit à renouveler cette interven-

tion chaque fois que les symptômes réapparaissent.
— Vous voulez dire que...
— C'est cela.
Verdeau comprend qu'il est en présence d'un fou incontrôlable, prêt à tout pour sauver son mystérieux patient. Il en est maintenant persuadé et craint pour sa survie. Jamais il ne s'est senti aussi démuni. Que fait Rousseau ? Que font ses collègues ? Il s'en veut d'avoir joué cavalier seul.

Imperturbable, Plante poursuit :
— Au nom de la science, j'ai été obligé de sacrifier des vies, il est vrai, mais des vies de gens de rien pour en sauver une autre tellement supérieure, une si grande intelligence. Le monde est ainsi fait. Lorsque vous marchez, vous écrasez des milliers d'insectes sans vous en apercevoir et sans que cela provoque en vous le moindre émoi. Il en est de même du genre humain. Certains de nos concitoyens sont parfaitement inutiles à la bonne marche du monde, d'autres pas ! Vous n'êtes pas d'accord ?

— Vous n'êtes qu'un assassin, un monstre !

Verdeau regrette aussitôt ses paroles mais se sent en même temps libéré d'avoir dit à ce cinglé ses quatre vérités. L'associé de Plante profite de cet accès d'agressivité pour reprendre en main sa seringue.

— Non, pas encore ! proteste Plante en le voyant faire. Il est venu pour savoir. Il saura tout.

Verdeau cherche des yeux une issue. Mais attaché, comment faire ?

Le professeur, toujours exalté, reprend :
— Assassin, vous dites ? Voilà bien un mauvais qualificatif. Ces gens ne sont pas des victimes mais des martyrs

de la science. C'est différent. Nous les avons toujours sélectionnés. Ils n'étaient que des sans famille, des laissés-pour-compte, des individus dont personne ne se préoccupait... Et puis, le résultat est là. L'enfant a grandi. C'est maintenant un homme qui, sans nous, serait mort depuis longtemps. Il est vrai cependant que sa vie est en perpétuel sursis. Mais quel homme ! Supérieurement intelligent ! Brillant ! Il ne se passe pas un jour sans que vous n'entendiez parler de lui. Je ne regrette absolument rien.

Estimant qu'il n'a plus rien à perdre Verdeau déballe son sac :

— Je comprends maintenant pourquoi vous n'êtes pas encore passé à la postérité. Vos méthodes sont indignes de l'homme. Vous êtes partisan d'une certaine forme d'eugénisme ! Vous êtes tous des assassins.

— Assassin aujourd'hui, génie scientifique demain ! Je vous le concède ! admet le professeur. Mes actes ne sont pas tout à fait en harmonie avec la déontologie actuelle, mais il faut laisser du temps au temps.

— Vous vous prenez pour qui ? réagit le commandant. Un demi-dieu ? En réalité, vous n'êtes qu'un fou furieux qu'on aurait dû enfermer depuis longtemps. Vous et votre clique, vous avez du sang plein les mains. Probablement plus d'une dizaine de meurtres. Et tout cela au nom de la science ? Plutôt au nom de la folie. Vous ne méritez qu'une seule chose : une balle dans la tête et votre protégé, qui est aussi coupable que vous, la même chose !

— Justement, votre intrusion a bousculé notre emploi du temps et notre cher patient a été obligé d'annuler sa visite pourtant indispensable. Il ne peut, en effet, rester encore longtemps sans une nouvelle transplantation. Le minus que vous voyez-là était tout désigné pour servir la science. Finalement, ce sera vous. Quelques examens préalables sont néanmoins nécessaires.

Il fait signe à son adjoint qui se penche sur Verdeau pour le piquer. Terrorisé, le policier réussit à balancer ses pieds en avant et à le déséquilibrer. Le médecin tombe à la renverse et lâche la seringue.

Des bruits résonnent au même moment dans la cour. Des bruits familiers qui soulagent le commandant. Ses collègues sont là, enfin ! Le commissaire divisionnaire Machelles suivi du lieutenant Gérard et d'une escouade d'agents en uniforme, arme au poing, pénètrent dans la salle des transplantations. Ils menottent le professeur Plante, son adjoint, le gorille et les deux infirmiers avant qu'ils ne tentent de s'échapper. Machelles les informe qu'ils sont mis en état d'arrestation pour tentative de meurtre sur un officier de la force publique et présomption de meurtre sur la personne de Mélanie Bouron.

— J'étais à deux doigts d'y passer ! s'exclame le commandant.

Puis il ajoute aussitôt afin d'éviter des remontrances et le blâme immédiat :

— Vous ne pouvez pas savoir à quel point je suis content de vous voir ! Rousseau en a mis du temps à vous alerter ! Mais où est-il ? Je ne le vois pas !

— Vous ne le verrez malheureusement plus parmi nous, répond amèrement Machelles.

— Que voulez-vous dire ? s'inquiète Verdeau qui a remarqué l'air triste de son patron.

— Le capitaine Rousseau est mort ! annonce ce dernier, visiblement ému.

— Mort ?

— Il a contacté le commissariat en fin de nuit pour nous informer de la présence de la Peugeot. Il s'est cependant bien gardé de nous préciser qu'il était seul dans la voiture, et vous... ici !

Verdeau est ébranlé.

— Il est mort comment ? demande-t-il.

— Nous l'ignorons. C'est un maraîcher qui, de bon matin, a découvert votre voiture complètement défoncée dans un fossé qui borde son pré. À l'intérieur, il y avait le corps ensanglanté et sans vie de Rousseau. Je vous fais grâce des détails. Comme vous n'étiez pas avec lui, il ne fallait pas être sorcier pour deviner où vous étiez.

Le commandant reste sans voix. S'il n'avait pas été aussi téméraire son coéquipier serait toujours en vie. Comment a-t-il pu se montrer aussi irresponsable ?

— Qui peut savoir ? soupire Machelles. Vous seriez peut-être morts tous les deux, ou tous les deux vivants ! Il ne sert à rien de remonter le temps. Les faits sont ce qu'ils sont !

Le lieutenant Gérard s'approche du chariot de transfert. Il reconnaît Brandon Charpentier à demi-inconscient, qui n'a rien capté du drame qui s'est déroulé devant lui.

— Que fait-il ici, celui-là ? J'ai l'impression qu'il a le chic pour se mettre dans de mauvais draps, remarque le policier.

— En tout cas il nous doit une fière chandelle, remarque Verdeau. À l'heure qu'il est, il serait probablement dans l'autre monde.

Machelles intervient à son tour :

— Laissez-le reprendre ses esprits. Il nous racontera tout ensuite.

Chapitre 36
Commissariat central.

Le commissaire Machelles interpelle Verdeau qui s'avance tristement vers la machine à café. Depuis la mort de son collègue il n'est plus le même.
— La gendarmerie a arrêté le fossoyeur qui a dérobé l'enfant que l'abbé Porte avait déposé aux pieds de Paule Pichet.
— A-t-il avoué ? demande le commandant.
— Il a reconnu le recel de cadavre. Il voulait réaliser je ne sais quelle pratique digne du Moyen-Âge dont vous lirez le détail dans le rapport de nos confrères. Comme ça n'a pas marché, il s'en est débarrassé rapidement en l'enterrant dans un bois. Les gendarmes ont vérifié.
— Bien, dit Verdeau.
— Ben alors commandant ! Je m'attendais à ce que vous fassiez immédiatement le lien entre ces pratiques et les sectes sataniques.
— Les sectes c'était Rousseau, répond Verdeau avec rancœur, et il est mort par ma faute.

Angers. Le Mail.
Selon son habitude le lieutenant Gérard a donné

rendez-vous à Charlotte dans les jardins du mail.

— Les interrogatoires de tous les suspects sont toujours en cours, lui dit-il. Il est possible que nous apprenions la vérité sur les circonstances du décès de votre maman, mais il faut vous attendre à ce que nous ne retrouvions jamais sa dépouille. Vous en connaissez déjà les raisons. En tous cas, vous aviez vu juste. Elle a été la victime, avec d'autres, d'un médecin fou, secondé par des praticiens tout aussi fous que lui et, tous, au service exclusif d'un autre fou.

— Et cet autre fou, il court toujours ! Comment l'identifier ? Ne pensez-vous pas qu'il puisse continuer de nuire ?

— J'ignore si on l'identifiera un jour, se désole le lieutenant. La limousine qui le conduisait ici est immatriculée au nom d'une multinationale qui utilise ce véhicule pour tous ses VIP et invités de prestige. Autant chercher une épingle dans une botte de foin ! Il s'agit certainement d'un personnage très important. Je pense que mon collègue Rousseau l'a reconnu lors de sa filature et l'a payé de sa vie ! On ne trouve aucune trace de lui dans les dossiers de la clinique. Tout a été organisé pour que son anonymat soit strictement respecté.

— Le professeur et les autres finiront peut-être par parler.

— J'en doute, mais notre consolation est qu'il n'ira pas loin. Si on en croit ce que Plante a révélé à Verdeau, ses jours sont comptés.

Le bourdon de la cathédrale Saint Maurice sonne les douze coups de midi. Gérard invite la jeune femme à déjeuner dans le sympathique restaurant de ce verdoyant parc où Fred, le patron, leur réserve un accueil chaleureux.

Angers. Cimetière de l'Ouest.

En grand uniforme, le personnel du commissariat central accompagne le capitaine Rousseau à sa dernière demeure.

Le préfet rappelle dans son discours les qualités exceptionnelles de ce policier, mort dans l'exercice de ses fonctions. Il en fait le symbole de l'engagement de la police dans la lutte contre la délinquance et la criminalité. Au nom de la Patrie reconnaissante il l'élève au grade de commandant de la police nationale et le nomme chevalier de l'ordre national du Mérite.

— Tous ces honneurs posthumes doivent lui faire vachement plaisir là où il est ! grimace Verdeau.

— Encore un des nôtres victime du devoir ! ajoute Machelles. Je crains qu'il ne soit pas le dernier tant le mal est partout.

La cérémonie terminée, chacun remonte en voiture. Machelles, qui se fait conduire par Verdeau, profite d'être seul avec lui pour l'informer que l'IGPN a été saisie à plus d'un titre.

— D'abord ils veulent comprendre l'urgence d'une intervention de la BAC en milieu hospitalier, commence-t-il, et d'autre part…

Verdeau l'interrompt et termine sa phrase :

— Et d'autre part ils veulent élucider les circonstances de la mort de Rousseau. Je m'en doute et je m'en veux tellement. Je ne vois pas ce que je vais dire pour ma défense. Tout est de ma faute.

— N'oubliez pas que c'est grâce à votre entêtement que nous sommes parvenus à neutraliser un médecin fou qui a plusieurs meurtres à son actif...

— Rousseau avait raison. Si je n'avais pas été aussi impatient on aurait pu trouver une autre solution.

— Cessez de vous flageller Verdeau, ça ne vous ressemble pas. Et j'espère que vous vous en tirerez. Vous êtes un bon flic et ils le savent !

Domicile de Melchior Balthazar.

— Bravo, maître, pour ce joli coup.

— De quoi voulez-vous parler ?

— De la disparition de ce gêneur, bien évidemment ! Ce capitaine Rousseau qui menaçait la poursuite de nos activités.

— Je n'y suis pour rien ! J'ai appris la nouvelle comme vous, par les journaux !

— Voyons ! Ne jouez pas ce petit jeu avec moi. Vous pouvez tout me dire ! Comment avez-vous organisé cet accident entre guillemets ?

— N'insistez pas ! Je vous répète que je n'y suis pour rien.

— Bon ! Je n'insiste pas mais... permettez-moi de vous féliciter quand même !

Chapitre 37
Paris.

Plusieurs semaines se sont écoulées depuis les événements tragiques qui ont coûté la vie au capitaine Rousseau.
Il est un peu plus de huit heures du matin. Dans l'avenue toute proche du général Leclerc, la circulation automobile s'intensifie et trouble le calme de la rue Daguerre. Les commerçants s'affairent autour de leurs étals. Le fromager lève son rideau et salue son confrère, le poissonnier, qui revient de son approvisionnement à Rungis. Un peu plus loin, chez le droguiste, le chocolatier et l'épicier, rien ne bouge encore.
En revanche, au café-brasserie Le Naguère, le rendez-vous des Montparnos, c'est déjà le coup de feu matinal. Les habitués, de tout acabit, se bousculent le long du comptoir. On y discute de tout. C'est la nouvelle agora populaire. Une information surprenante fait le tour des verres.
Un homme sort de l'hôtel d'en face, le Télémaque, entre dans le café et s'accoude au zinc. Il saisit *Le Parisien* qui traîne sur un tabouret haut et le déplie. Stupéfait, il pousse un « Oh » de surprise et tapote sur l'épaule de son

voisin pour attirer son attention. Il lui montre du menton une photo en première page et s'exclame :

— Tu as vu ! Je n'en reviens pas !

— Oui ! J'ai vu ! répond son interlocuteur. Depuis hier on ne parle que de ça !

— Incroyable ! s'étonne encore le nouvel arrivant. Lui, si ambitieux ! Un avenir en or ! Mince alors !

— Que veux-tu ! déclare placidement l'habitué. Ils sont comme nous, pas éternels. Il faut te remettre. Comme disait je ne sais plus qui : « Les cimetières sont remplis de gens indispensables ». Cela n'empêche pas le monde de continuer à tourner. La preuve !

Satisfait de sa réplique, il porte à ses lèvres son verre de rhum. Il en déguste une petite gorgée et vide le reste dans sa tasse de café.

COUVERTURE

**Illustration de Siobhan Lim, 19 ans.
Siobhan est une jeune Américaine de Washington DC.
Elle étudie actuellement en Corée du Sud.**

Afin de sensibiliser les jeunes au handicap,
RENAISSENS
confie l'illustration de ses couvertures
à des jeunes de moins de vingt ans.

Pour participer à la sélection des prochaines couvertures
rendez-vous sur la page du site Renaissens
http://www.renaissens-editions.fr/projet-jeunes/

ISBN : 978-2-491157-06-7
Dépôt légal : juin 2020